ニングル

倉本 聰

もくじ

SCENE Ⅰ 7
SCENE Ⅱ 23
SCENE Ⅲ 43
SCENE Ⅳ 67
SCENE Ⅴ 87
SCENE Ⅵ 113

SCENE Ⅶ 139
SCENE Ⅷ 159
SCENE Ⅸ 179
SCENE Ⅹ 201
SCENE Ⅺ 225
LAST SCENE 247
あとがき 278
倉本聰著『ニングル』に寄せて 阿川佐和子 280

装画　倉本聰
装幀　守先正

ニングル

SCENE I

その噂は何度か耳にしていた。

富良野市東部の大原始林。それは市の約60％を占め、富良野岳から十勝、オプタテシケ、トムラウシ、化雲、忠別と連なって大雪山系の山波を形成する。

殊に。

富良野市麓郷の背後に拡がるいわゆる東大演習林は、別名〝樹海〟の名で地元に親しまれる原始のままの鬱蒼たる森である。

噂はその樹海のどこか奥深く、人間社会から隔絶された場所に、ニングルという名の小人《こびと》の社会が古来存在するというものであった。

その話を初めて僕がきいたのは、当時麓郷で電機屋をやっていたチャバなる土地の青年からである。

演習林の林内夫として、山で造林の作業に従事する麓郷木材の山子《やまご》（木樵《きこ》り）さんたちには彼らの姿を見たというものもいるし、同社社長である仲世古のヨシオさんは、山で食べていたカッパエビセンと交換に使い古したニングルの靴下を右片方だけ贈与されていて、これは僕自身も見せてもらったのだが明らかにキタキツネの春先の抜け毛を丹念に編み上げたものと思えた。

更に。

市内南扇山に住む通称井上のじっちゃんこそはニングルと直接交渉のある唯一の人間であるという説があり、それはじっちゃんが春先の山菜、秋のきのこの季節になると誰も連れずに山へ入り、殆んど半日で信じられない量のそれらの山の幸を持ち帰るからである。

山へ入る時じっちゃんは常に、南瓜《かぼちゃ》の種と塩を持参し、帰りにはそれらが消えていることと。加えてある年大麓山の奥で山子さんの傍見した一人のニングルがピンクと紫の水玉のスカーフをまいており、それは明らかに井上のじっちゃんが永年着ていたスポーツシャツと素材を全く一《いっ》にしていて、あれはまちがいなく山でじっちゃんがシャツを引き裂いてニングルに与えた、そういう説が村に流れたからで、事実それ以降問題のそのシャツは裾の方が大きく裂けて無いのである。

僕はじっちゃんにきいたことがある。

ニングルは本当にいるッだろうか、と。

その時じっちゃんはいつものくせで、Mボタンを完全にはめ忘れていたのだが、ニタリと笑うやそのズボンをたくしあげ、

「いるとも云えん。おらんとも云えん」

禅僧のようにのたまったのである。

富良野に伝わるニングル伝説には、概略二筋の大きな流れがある。

一つは布礼別《ふれべつ》から富岡《とみおか》にかけて古老の間に伝わる説で、それは彼らが穴居民族で、山の風穴を棲家にしており、アイヌの伝説におけるいわゆるコロポックル、あの末裔であるという説。

今一つは麓郷から西達布《にしたっぷ》にかけての林夫の間に伝わるもので、ニングルはコロポックルとは種族を異にし、どっちかといえば木の洞《うろ》とか根の間の空隙を利用してかなりウッディな生活を営む、そういう小人だという説である。

更にこの二説を追求して行くと、布礼別説のニングルの体長はある者の説では二センチ

から五センチ。別の人の説ではせいぜい五ミリ。又ある古老の話すところでは彼らは見えぬ、と断定するわけで、住居に関しても風穴説に加え、いわゆるコロポックル伝説に見られる蕗《ふき》の葉の下と云うものがいたりで、つまり極めて曖昧である。

それに対して麓郷説は極めて明快、かつ具体的であり、それによれば体長十五センチ程、平均寿命二百七十年、生涯に平均八人の子を産むが天敵であるところのヤチネズミに喰われて大体一人生き残ればいい方、と、誰にきいたか話が細かい。

扨《さて》。

この話をきいての僕の感想は、実は殆んど無いに等しかった。只、山里には成程今も、都会できかれないこのような噺が残っているものだなと感じた程度だった。

事態が大きく変化したのは、三年前の六月麓郷をゆるがしたヨシオさんの工場の火事の後だった。その六月の正午出火した火は麓郷木材を全焼させた。火は午後二時頃鎮火したが、土場《どば》に積まれたおが屑に入った火は夜になってもくすぶり続けた。それでも山から運び出した木材は殆んど助かり土場の奥に眠っていた。その夜消防団員であるチャバ達は、殆んど夜を徹して土場を見廻った。

「知らん権利って先生判るかい?」

チャバがそう云ったのはその翌日の夕方である。

徹夜明けのチャバの目は充血していた。

「知らん権利とはどういうことだ」

「きいたことないかい」

「初めてきくな」

「オラも生れて初めてきいたッだ」

「どういうことなんだ」

「よく判らんけど、つまり近頃よく云うっしょう。知る権利って」

「あぁ知る権利は云う」

「それに対して知らん権利だ」

　チャバの体から煙の匂いがした。

「つまり——どういうことなッだ」

「うむ」

　チャバは何かを思考している。

「誰が云ったッだ、大体そんなこと」

「うむ。まァ——ある者《もン》だ」

「ある者て誰よ」

「——」

「何か本にでも書いてあったのか」

「いやそうでない。直接云われたッだ」

「だから誰に」

　チャバはじいっと考えこんでいる。

　この男は村では変人で通っている。変人でありかつホラ吹きでもある。だがしかしこの男は別の一面でひどく高度な感性を持っている。

「俺は電機屋だ」

　チャバが急に云った。

「だから電気のことには詳しい」

「知ってる」

「ある男が——たとえば生れて初めて、電気とかそれからテレビってもんを見て、何だか判らんでポカンとしとれば、それは当然教えたくなるべさ」

「——」

「だから教えてやるべと思って、これは実はテレビっていう便利な機械で、こっちに光ってる電灯と同じく、電気ってもんによってつくもんであって——そう説明しかけたらそいついきなり怒り出して、止めろ止めろそんなもん知りたかねぇ。知らん権利だ、知らん権利だ、オラには知らん権利があるんだ！」

「——」

「そう云って、ま、えらいこと怒り出しちまって」

「——」

「そん時はびっくりして呆然と見てたけど、後になってじいっと考えてみたら、成程オラたち今の世の中では、みんなが知る権利知る権利って云うからまァ知ってもどうってことないことまでいっぱい、人が知っとるんだからオラも知るべって、知らんと何となく乗り遅れる気がして、遅れるのがイヤだから色々きき廻って情報々々って追っかけ廻すけど、したっけ考えると知らん権利もあるんで、こっちはもうそんなこと知りとうもないからこれ以上余計なこときかせんで下さいって、そんな風に人に、人っちゅうかもっと、テレビや新聞やマスコミに対してもオラは知りたくない、教えてくれるな、これ以上きいてもあずましくないだけだわ、オラもう情報はなッもいらんから、今で充分満足しとるから、この先オラたちは知る権利よりも知らん権利を主張すべきで――」

「――」

風が森の中をざわめいて通った。

「オラの云うこと判るかい？」

僕は目を落し足元を見ていた。

徹夜で明らかにチャバは疲れている。疲れてはいるが神経が立っている。それに。火事の現場に出た消防士の殆んどが有毒ガスを吸いこむことから脳に多少とも異常を生ずると、そういう話を前からきいている。

「云うことは判るよ」

「判るかい先生」

チャバはギラギラと目を光らせた。

「一理あるべ先生、そいつの云うこと」

「そうだな」

「一理ある。オラは絶対一理あると思うぞ？」

「誰なッだ一体、そいつって云うのは」

するとチャバの目は更に光を帯び、憑かれたように顔を近づけた。声をひそめて、

「信じるかオラのこと」

「信じるよ、どうしたッだ」

「誰にも云わんか」

「云わんよオイどうしたッだ」

「オラ本気だぞ。本気で正気だぞ」

「判ってるよ。何だよ」

「逢ったッだ。マジに」

「逢った？」

「あぁ、話した。本当にいたッだ」

「何が」

するとチャバ氏は大きく息を吸い、囁くように云ったのである。

「ニングルだ！」


この文章を書きながら今、僕にはあの時のチャバの気持が判る。

諸氏は恐らく僕のこの文を、フィクションとして捉えておいでだと思う。筆者が何かある意図を以て、一つの寓話を書き出しているのだと、そう思われることは覚悟している。覚悟しつつ猶《なお》かつ淋しさを感じる。

僕はＵＦＯを見た男を知っている。しかし世間はその男を信じない。

僕は幽霊を見た女を知っている。しかし世間はその女を信じない。

科学は己れを超えてしまうものを殆んど傲慢に笑って否定する。かつて自らの先駆者であるところのガリレオ・ガリレイやコペルニクスが被害にあったその同じ否定を、今や加害者として他所者に叩きつける。

僕も亦その時チャバを笑った。

今度は僕が笑われる番だろう。

しかし。

僕は今事実をそのままに書いている。

富良野の森にニングルはいたのだ。


話が少し飛びすぎてしまった。三年前に話を戻そう。

即ち麓郷のその火事の夜、麓郷木材の焼跡の土場に、チャバが一体何を見たかである。

麓木《ろくもく》（麓郷木材）の工場は無惨に焼け果てた。夜になってもおが屑の山に時々赤くチロチロと火が燃えた。だがその裏手にある広大な土場には倖い類焼を免れた原木が山から伐り出されたまましんと眠っていた。

造材は普通真冬に行われる。

山から伐った木を運び出すのに雪の上を滑らした方が楽だからである。だがその年事情が少しちがっていた。

その前年この地方を襲った台風は原始の森をめちゃめちゃに破壊し、東大演習林に関するだけでも推定六十万立方メートルの立木が一夜のうちに倒されてしまった。樹海が原型をとり戻すのには最低二十年は要するだろうと云われた。そうしてそれらの倒木整理の為、夏場も造材の作業が続けられた。だからその夏の麓木の土場には、例年ならその時期ない筈の原木が広大な敷地に山と積まれていた。

消防団員はその山を見張っていた。見張って徹夜で監視していた。

もしもその山に火の粉が飛んでいてそれがくすぶり原木に火を呼んだら、それこそ麓木は壊滅するだろう。誰もがそのことを最も怖れていた。だからその晩チャバもそこにいた。チャバは原木の堆積の裏手で、丸太に横たわり星を見ていた。チャバは疲れていた、身心ともに。

消火の際吸いこんだ大量の煙。

夕方振舞われた多少の酒。

チャバは眠りに落ちていたらしい。

ふと。

草の匂いで突然目をさました。

何の草の匂いかは判らない。ただ、強烈な草いきれの匂い。それが頭上の何処かから来る。体を起した。煙を吸いこんだ脳がクラッとした。思わず倒れかかり腕で支えた、その時。

　チャバは自分のすぐ目の前に極端に小さな人間を見たのである。

その人間は緑色をしていた。皮膚の色そのものが緑であるのか着ているものが緑であったのかそこのところは判然としていない。只要するに緑色に見えた。そうして強烈に草の匂いがした。

　チャバはぼんやりその男を見ていた。

そうだ。そのものはまちがいなく男だった。男で、しかもかなり老けていた。

身の丈凡《およ》そ十五センチばかり。

白い鬚があり、腹がつき出ていた。そうして腕を組み土場の闇の向うのくすぶりつづけている焼跡を見ていた。

チャバはしばらくぼんやりしていたらしい。その小人がどこかで井上のじっちゃんにあまりにも似ていると思われたからだ。

「災難だったな」

ニングルがそう云った。

低いバリトンのあったかい声だった。

「みんなもう眠《ね》たのか。善蔵さんやヨシオ君は」

善蔵さんはヨシオさんの父親《おやじ》である。

「あぁ眠た。さっき」チャバが答えた。

ニングルは少し考えこんでいた。

「寝顔だけ見とくかな。ぬし、案内しろ」

「いいよ」

ニングルは歩きかけ急に足を止めた。

「犬はいるのか。仲世古さんちに」

「いや犬はおらん」

「なら案内しろ」

これがその夜のチャバのいうところの、ニングルとの初めての出逢いの描写である。

五十七年六月のことだった。

僕はそのことを誰にも云わなかった。

妻にすらその話をしたことがない。

そうでなくてもホラ吹きだの変人だの富良野の町の識者たちの中で「異常」という噂のないでもないチャバを多少とも守りたいという気持があったからだ。

あの時チャバは火事の後だったし、大分煙を吸いこんでいたから幻覚を見たとしても無理からぬところである。そう思い、心にしまいこんですました。事実又チャバはその夜の出来事を、忘れたかのようにその後話そうともしないのだ。

誰にも云わなかった、それはたしかである。

云いはしなかったがチャバのその話の、ニングルが云ったというあの一言が僕の心にひっかかっていた。

知らん権利。

それは、その後の三年の間、何かというと僕の脳裏を、ひっかくようにフッとかすめた。たとえばどこかでテレビがついている。テレビの中でレポーターがさわいでいる。女のかん高い叫びがきこえる、どうしてそんなこと答えなくちゃいけないの！　あなたには答える義務があるんです、どうして義務が!?　だって我々には知る権利がありますから。知る権利？　そこであの言葉が走るのだ。

知らん権利だ！　知らん権利だ！　オラには知らん権利があるッだ！

或いはたとえば。

こんな電話が入る。

「そろそろワープロをお買いになってはいかがかと思うんですが」

「ワープロ？　どうして」

「どうしてってあなた、東京ではもう作家の方々はどんどんワープロを使ってらっしゃいますよ」

「他の方々は知りません。僕はいいです。ペンで充分」

「又そんな古いこと仰有って。遅れちゃいますよそんなこと云ってると」

「――――」

「今ワープロをおぼえておかないと将来非常に焦ることになります。何しろ目の前にＩＮＳの時代が、もう目の前に来てるンですから」

「何です一体ＩＮＳって」

「エッ!?　あなたＩＮＳも御存知ない！」

「僕新聞をとってないもンですから」

「あぁダメだ、こりゃ駄目だ。もう完全に遅れちまってる。いいです、今ならまだ間に合います。とにかくワープロをお買いなさい。なに使い方は簡単です。すぐおぼえます。お教えします」

「いいですよ」

「いやよくありません」

「そんなもん別に使わなくたって」

「いや今だからそんなこと云えるんです。後もう五年もしてごらんなさい。ワープロを知らない作家なンてあなた」

「いや僕は今のままで」

「ちがうんです！　それがちがうんです！　ワープロは書くだけのものじゃないンです。

これからはワープロで何でもするんです！　たとえばサラリーマンは会社なんか行かずに家庭のワープロで仕事をすりゃいいし、買物なんかだってワープロで出来る。そのうち学校だってそうなるかもしれない。それが証拠に今や小学生だってワープロ位知ってる。それ位知らなきゃ通用しない、遅れちゃうんです。もう遅れてます。既にあなたは時代に遅れてる。知らなきゃいけない。知らなきゃまずい。時代に即応して知る必要がある」

脅しつなだめつまくしたてられて脳髄錯乱して茫《ぼう》となった時、茫の底の底白濁の中から突然あの言葉がすっと蘇る。

知らん権利だ！　知らん権利だ！　オラには知らん権利があるゝだ！

過年。一軒の農家が廃業した。

十年前までその農家では、近代農法をかたくなに拒み、馬と人力でこつこつとやってきた。決して豊かとはいえないかもしれぬがしかし生活に困ってはいなかった。

家族は愛し合い、笑いが絶えなかった。そういう明るいつつましい一家だった。

一家にとっての悲劇のスタートは機械を購入したその時だと思われる。

それまで馬に頼っていた畠に重い農耕機が導入された時、機械の持つ便利さに一家は瞠目する。特に息子はその利点にしびれ、次々と新しい機械にとびついた。機械を増やし原野を拓《ひら》き、畠地を広くして人参を植えた。人参はよく実り、収入は増え、息子は古い家屋をこわして新たな家をその後へ建てた。そうして更に機械を買い替えた。

その年人参は大豊作だった。

為に価格が極端に暴落した。

その年息子は人参に賭けていた。

御存知だろうか夏から秋へ。収穫を終えた人参畠に累々と残された人参たちのことを。不作の年はその数が減る。しかし豊作の年には無惨だ。よくよく型の良い人参だけが集められ、後はそのまま放置せねばならない。

捨て去るのである。

食えるものを。どんと。

そうして賭けに敗れたものには借財だけが冷然と残る。

新しい機械を購入していたもの、彼らにとっては殊に悲劇だ。

こうしてその農家は遂に敗れた。

農家の土地は人手に渡った。

新たにその土地を購入した農家は巨大な財力を蓄積していた。新地主は手に入れた新しい土地の中に原始の森をそのままに留めた一つの丘陵があることに目をつける。彼はこの原始の森を全て伐採し丘を切り崩して平坦な土地にしそこに畠を作ろうと考える。このような場合切り崩す費用は80％国から補助が出る。

五十八年の六月から七月。

アッという間に森は姿を消し、無惨なサラ地にブルドーザーが動いて丘は跡形もなく消滅してしまった。

自然破壊という言葉を使うなら、これ程明白な破壊はあるまい。

そしてその破壊に紛れもなく国家は、80％手を貸したのだ。

僕が久しぶりにニングルの噂を町の飲屋で耳にしたのは丁度その七月の末のことである。六月の上旬麓郷の山子さんが、西麓郷から西達布へ抜ける西瓜峠《すいかとうげ》の月光の夜道でニングルの一家に遭遇したというのだ。

一家は夫婦とその子らしい三人。いずれもかなり老けこんでおり、身長は十乃至十五センチ前後、大八車のような小さな一件に家財道具を満載しており三《さん》の山《やま》の方へ向っていたという。

どうしたッだい、と山子さんが聞いたら、一人が憤然と答えたそうである。

「百五十年棲んでた森を伐られた。山まで崩すらしい。どういうつもりだ！」

SCENE II

「老人、山菜採りで行方不明」

新聞の片隅に小さな記事の載ったのは、去年の五月末のことである。

「富良野市東町の無職渡辺幾造さん(87)は、二十五日朝、付近の山へ山菜を採りに行くと言ってひとりで出かけたまま二十六日朝になっても帰宅せず、家族からの届け出で警察、消防が出動し付近の山を探しているが、二十六日夕刻現在まだ発見されていない。

渡辺さんが出かけたと思われる富良野岳山麓には、このところ何度か母子づれの羆《ひぐま》が目撃されており、警察では渡辺さんが羆に襲われた可能性もあるとして地元ハンターの出動を要請し、その行方を懸命に追っている」

チャバたち地元消防団員がこの老人の捜査に加わったのは二十六日の正午すぎから。彼らはいくつもの班に分かれ、麓郷から布礼別《ふれべつ》、富岡《とみおか》に至る山麓一帯に分散して入った。

チャババや仲世古のヨシオさんたちがその時入ったのは布礼別の奥。いわゆるベベルイからピエベツに至る旧開拓地跡の茫漠たる一帯で、一日や二日の探索ではとても廻り切れる範囲ではない。

ところが。

二十六日夜一つの情報が東富岡のある家から入って捜査本部は一気に緊張した。二十五日朝富岡の農道で渡辺老人に逢ったという目撃者が、その頃になって名乗り出たからである。目撃者は東富岡に住む八十二歳のおばあちゃんで渡辺老人とは顔見知りであった。

どこに行くのさ、とおばあちゃんがきいたら、家さ帰るゝだ？　と老人が云ったという。

「家ってどこのさ」

「開拓村のよ」

そこでおばあちゃんは思わず笑った。冗談を云われたと思ったのである。そしたら老人もウフッと笑った。笑ってそのまま山の方へ向った。

この情報が本部に入って緊張を呼んだのには実は訳がある。

渡辺老人は近頃呆けかけていた。

現在と過去が時々混乱して突拍子もないことを云い出すことがあった。頭の中で記憶の歯車がしばしば故障して逆回転を起した。

何年か前から老人は町の、息子夫婦の家に住んでいたのだが、そこが旅先の宿であるが如くにフッと錯覚を起すようになっていた。そろそろ帰る、と時々口にした。息子の嫁や孫たちは笑った。

「帰るって何処へさ」

「おらんちへ」

「おらんちは此処でしょう」

「此処でない。おらんちは婆ちゃんの待っとる場所だ」

「何云ってんの。ばあちゃんはとっくに死んどるでしょうが」

「バカ抜かせ。ばあちゃんは山の家におる」

「山の家って、ベベルイのかい？」

「そうよ。あすこはわしらが拓《ひら》いた」

「何云うとるの、あの家はとうに捨てたでしょうが」

「捨てた？」

「もう三十年前の話でしょうが」

「――」

「畑も家ももうないでしょうが」

「――」

「何云うてるの、おじいちゃん今頃」

ベベルイは布礼別から富岡の東、山裾に拡がる細長い土地である。その北のすみにかつて老人の住いがあった。戦後開拓で入った老人は石ころだらけのその土地を拓いた。しかし十年後上富良野に出来た自衛隊駐屯地の演習用地として老人のその土地は買収されてしまう。老人の求める幻の家は今や自衛隊演習地の中である。

捜査本部が緊張したのは立入禁止の演習地の中へ老人がふらふら入りこんだらしい。そういう事態に気づいたからである。

しかもその時期ドーンドーンという自衛隊演習の大砲の音がひっきりなしに轟いていたからだ。

直ちに自衛隊に連絡がとられ、演習はあわてて中断された。

渡辺老人は救出された。


「先生、一寸面白いもん見せる」

仲世古のヨシオさんが僕に云ったのはそれから数日たったある夕方のことである。僕はヨシオさんの車に乗せられた。

「何処に行くんだ」

そう訊ねたらヨシオさんはニヤリと、

「まァ黙ってそこに坐っとって下さい」

車は布礼別を山の方へ折れ、ベベルイから小さな分岐点で別れてピエベツの広大な原野へと入って行く。

何度来てもこの辺りは茫漠としている。

戦後この辺りへ入った開拓者は、その殆んどが十勝の噴火による石六十四、すさまじい悪地に散々泣かされ、そして結局敗退して去った。今その原野は廃村の跡を一面の野草と灌木が埋めつくし、よく見なければその昔そこに人々が苦労して闘い、住んだ、その痕跡すら発見しがたい。それでも注意して道端を見ていれば昔そこにあった祠《ほこら》の跡や、崩れた農家の名残りがみとめられる。

かつて。このあたり一帯の廃屋を、しらみつぶしに見て歩いたことがある。

テレビドラマに書く必要があって、離農者の廃屋が現在どのように、朽ち果て或いは残っているかを調べる必要があったからである。

その殆んどが倒壊していた。

それでも辛うじて半分傾きつつ内部の原型を保つものがあった。

それらの家々の戸のない入口から、腐った根太を踏み抜かぬようにしながら僕はそろそろと中を見たものだ。

それらの内部は惨憺たるものだった。

風化の度合いを云っているのではない。むしろ風化の進んでおらぬもの、比較的原型を留めているものに胸ふさぐ悲惨を僕は見ていた。

それらの内部はその夜のままだった。

夜逃げ同様に逃げ出した者たちの、逃げたその夜の最後の情況を、そのあわただしさを将《まさ》に遺していた。

放り出されたランドセル、教科書。

黄色く色褪せた当時の新聞。

脱いだ手の形そのままの軍手。

流しに放置された古鍋、湯のみ。

破れたふすま。外されたたたみ。錆びた農機具、蛇の抜けがら。のれんのアップリケ。

貼りついた落葉。

そうして壁には決って何かしら、立ち去ったものたちの落書きがあった。

——さらば、ピエベツ。

——淋しい時はあの峰を見た。

——さよなら、アッちゃん、フミちゃん、トン君、フジキのオバさん、チバのおじいちゃん。

——井上さん、田村さんごめんなさい。いつの日かきっと返します！

——ああ、十五年三ヶ月!!

彼らの絶望、彼らの無念がそこに立つ僕にひしひしと押し寄せ、無数の怨念が村中から駆け寄って僕の心に囁きかけるのだ。来てくれたんかい、聞いてくれるゝかい。いっぱいあるゝだわ、話したいことが。誰も聞かんのよ聞いてくれんのよ。ひどいゝですからァ。あんまりだったっしょう。一寸待っとってよ、みんな集る。今呼んだからおとうすぐ来る。まだ帰《い》かんでよ!!　もちっといてよ！　おとうすぐ来るよ！　話きいてってよ!!

それらの声の悲しさ怖しさに僕は五分と立っていられず身の毛をよだてて逃げ出したものなのだ。

廃屋。

北海道の歴史の残酷は、三種の廃屋に象徴されている。

海辺に遺された番屋の廃屋。

山に遺された炭坑の廃屋。

そうして野にある離農者の廃屋。

そのいずれもが自然との闘いに敗れたものたちの遺跡であることを、人々はどのように想っているのか。

道が俄に細くなり、ヨシオさんは車を間道に入れた。車の左右を灌木が叩いた。

「一寸もう無理だな。此処で下りましょう」

車を下りると風がさわいでいた。

灌木と、漸く繁り始めた五月の草むらの草いきれの向うに、前富良野の山頂がチラとのぞめた。僕らは草原を分けて進んだ。

十分近くも前進したろうか。

突然、視界がぽっかりとひらけ、小さな空間が目の前に出現した。

りんごの木が三本、そして一軒の半分崩れた離農者の廃屋がそこに建っていた。

「廃屋か」

僕が呟くとヨシオさんがふり返った。

「こないだ渡辺さん探しに入った時、チャバと二人で発見したんだわ。後でおやじに当時のこと聞いたら丸太喜一さんて人の家ではないかってことだった」

「――」

「それは、ま、いいんだ。一寸見て下さい」

崩れた表戸と柱のすき間からヨシオさんが中へとすべりこみ、そうして僕もその後につづいた。

その家はもう半分屋根がなかった。

壁も半分抜け落ちてしまっていた。

その抜け落ちた壁の穴から、五月の夕陽の橙色《だいだい》が勝手場の壁へとさしこんでいる。

ヨシオさんが黙って僕の肩を叩いた。叩いたその手でその壁を指した。そこにクレヨンの落書きがあった。

藍色のその文字は色褪せていたけど、それでもはっきり読みとることが出来た。

――あばよ、ニングル

あんたらは正し――

「正し」の後は壁が崩れていた。

僕はその文字をじっと見ていた。

ニングル、と書かれた片仮名の四文字を。

これまで。何度か耳にしてきた。しかしその言葉を文字で見たのは、今、その時が初めてであった。

ニングル。

表の草原を風が通りすぎ破れたトタンをガリガリとゆすった。

「先生今まで笑っとったでしょう。オラたちがニングルの話するといつも」

ヨシオさんが僕の耳元で呟いた。

「だけどニングルは本当にいるッだ?」

「――」

トタンが風で再び音をたてた。

「あばよニングル、あんたらは正し――。この後何て書いてあったと思います」

「――」

「チャバとこないだ考えたッだ後を」

「――」

「どう思います、先生はこの後。崩れた壁ッとこに書いてあったこのつづき」

クレヨンの文字をじっと見ていた。

「正しかった、か。正しい、とあったか」

「そんなとこだべってオラたちも想像した」

「――」

「あばよニングル、あんたらは正しかった」

「――」

「一体何が正しかったッだろうか」

「――」

「そこんところはどう思います先生」

「――」

風がごうと過ぎ、トタンが又鳴った。

背筋をふいに寒いものが走った。


チャバと久しぶりにばったり会ったのは、行きつけの「炉ばた」のカウンターでである。富良野最大の行事であるところのヘソ祭りがそろそろ目の前に迫っていて、町は何処となく色めきたっていた。

「元気か」

と云ったらチャバはウフッと笑い、おかげさんで、と小さく云った。おかげさんでオッカァとも平和にやっとります。

チャバに逢ったら聞いてみようとあれからずっと思っていたので、彼の隣りに僕は坐った。

「イヤイヤ先生しばらく来ンかったもンネ。生きてたンかい?」おかみが云った。

「まァ何となく」僕は答えた。「お酒頂戴」

「ハイヨ、お酒ね。私も飲もうかな」

「ああ飲めよ」

炭火にのっけたかめの中から適当に燗された白濁の液体を小さな手酌でおかみは湯のみに注ぐ。

「ピエベッツの廃屋にヨシオさんと行ってきた」

「――――」

「例の落書きを見せてもらった」

「――」

何も答えずにチャバは飲んでいる。

おかみが僕のと自分の分と、湯のみの酒を持って帰ってきたとき新しい客が来てアラいらっしゃい。

「後で来るからね」

おかみは又立った。

僕はチラッとチャバの顔を見た。

「あばよニングル、あんたらは正しかった。――あれはあのうちの人が出るとき書いたのかね」

「――」

「丸太喜一さんて人の一家だったッだろ？」

「――そうです」

「知ってた？　その人」

「なんとなくおぼえとる」

人肌の酒を口に運んだ。

「あばよニングルって書いてるってことは、ニングルと何らかの交渉があったのかな」

「――」

「どう思う」

「――」

チャバは全く口をきかない。黙ってゆっくり酒を飲んでいる。

「いつか――ヨシオちゃんの火事のすぐ後、ニングルの話をお前したろう」

「――」

「焼跡の土場《どば》でニングルを見たって」

「――」

「あの話、あれから全然しないけど――。どうなったゝだあの後、その話」

「――」

チャバは相変らずしゃべろうとしない。イカの焼いたのを箸でつついている。とりつくシマがないとはこういうことであろうか。

「丸太さん一家ってその後どうしたゝだ」

「――」

「富良野にいるのか。それともいないのか」

「おらん」

「どこにいる」

「知らん」

「――」

「先生」

チャバが突然ボソリと云った。

「何だ」

「〝知らん権利〟っておぼえているかい」

「ああ、おぼえてる」

「あの言葉は相当に深い意味あるぞな」

チャバの横顔をじっと見ていた。

「たとえば誰かが先生の悪口を云う。オラがそれを聞いて不愉快に思う。その時オラが先生に向ってあの野郎がこんなこと陰で云っとったって、教えたとしようか。そうするとどうなる」

「――」

「先生多分深く傷つく。そんなことわざわざ云わなきゃいいのにって、教えたオラのことを恨むッでないかい？」

「――」

「何も知らなきゃ傷つかんですむッだ。オラが教えたから先生傷ついた。そういう場合先生にとっては知らんままがいい。知らん権利だ」

「――」

「同じことを逆から云うと、オラたちは他人が何をしてようと余計な口出しはせん方がいい。云わば連中の云う〝放っとく義務〟だ」

チャバを見た。

「知らん権利と放っとく義務と、二つが守られりゃずい分と楽になる」

「待て」

「しかし人間には見たい知りたい、つまり知識欲っていう厄介なもッがあって、そこへ持ってきて他人に教えたい、どうもお節介な性格まであるから」

「一寸待てそれは誰が云ったッだ」

「――」

「放っとく義務ってのは誰の言葉だ」

「――」

「連中って今云ったな。連中ってのは誰だ。それはやっぱりニングルのセリフか」

「――」

「チャバ、お前あの後もニングルと逢ったのか」

チャバは再び牡蠣《かき》になってしまった。

おかみが華やかに席へ戻ってきた。


「昔、コルポックルという神様だか人間だかが沢山十勝にいた。とても根性のよいもので、熊をとっても鹿をとっても魚をとっても、それを持ってきて、顔を見せないでアイヌの家に入れてくれた。

或るとき鹿をとって肉を入れてくれたのを、肉を持った手がとても綺麗だったので、家の中の男がその手を引っぱって家の中に入れたら、唇や手の甲にも綺麗に入墨をしてあったが、無礼な仕打ちにひどく腹をたてて、

〝いつまでも十勝にいようと思ったが、腹がたったから他へ移るが、ここの国は段々枯れるように衰えてしまうから、これからはトカプチと言え〟

といって本州の方へ行ってしまった。それでトカプチというようになった」

（十勝芽室太・勝川ウサカラベ姥伝――更科源蔵「アイヌ伝説集」）

富良野から山波を東へ二十数キロ、下ホロカメットク、チカベツと続く原始の峰々を十勝へ越えて行くと、丁度チカベツとピシカチナイの中間、キナの広場という台地があって、ここは又別名ウララの地とも云われ、あるあると云われながら見たものは殆んどいない。富良野の山岳救助隊長でここらの山は知りつくしている中富の三善さんも見とらんと云うからその存在も極めて曖昧で、しかしながらアイヌ語の辞書をひもとくとキナは草の意、ウララは霧の意で、恐らくは原始の森に囲まれた常に霧のまく草原なのだろうか。

この幻のキナの広場にいつの頃からか野生の馬たちが住みついているという噂があって、それはどうやらピエベツの離農者が、離農する際に山に放したその馬たちの末裔であるらしい。

かつて僕自身根室落石《おちいし》の沖に浮ぶ無人島ユルリ島にそうした野生馬がいるとききき、船をやとって見に行ったことがある。その馬たちは現実にいた。

周囲すべてが切り立ったユルリの、猫の額ほどの小さな砂浜。そこに船をつけ沢を上ると一面熊笹の台地に到達する。その台地に立ちしばらく待つと、どこからともなくドドドドッというひづめの音がとどろいて、その馬たちが姿を現わした。馬たちはそこにいる人間の姿に一瞬戸惑ったように足をとめ、そうして又風のように駆け去って消えた。

頭とおぼしき逞しい野生馬の、汗に光る毛並が瞼に灼きついた。あれは、その昔コンブ漁の際運搬用に使った輓馬《ばんば》が、用済みとされて島に置き去られ自然に繁殖した末裔だときいた。

それに似た富良野の農耕馬の末《すえ》が、キナの広場の野生馬なのであろうか。

その幻の野生馬を求めて、ひとりチカベツの奥まで入ったという札幌の写真家にばったり逢ったのは、九月に入った「北時計」でである。

店は空いていてカウンターに彼と僕。カウンターの中にはコンちゃんとゆかりちゃん。

キナの広場に行ってきたという話に、僕は思わず男の顔を見た。

「キナの広場はあったンですか!?」

すると男は一寸顔をあからめ、

「多分そうだと僕は思うんです。あれが話にきくキナの広場だと。只、何分にも霧が深くて」

「野生馬はいましたか」

「いや、野生馬は見れませんでした。只――」

男は一寸鼻をこすった。

「どうも、何ともアレなンですが、一寸変てこな体験をしまして」

「変てこな体験？」

「ハァ」

「それはどういう」

男は照れたように又鼻をこすった。

「夢みたんじゃないかって笑われそうなンだけど、あの山奥の、勿論人間のいる筈ないとこで変なコノ、唄声をきいちまったンで」

「唄声？」

「ハイ、それも一人じゃないンです。たしかに二、三人の一緒に唄う声で」

「――」

コンちゃんとゆかりちゃんが男の顔を見た。男の顔から汗が吹き出した。

「そんなこと云うと怪談みたいだけど、霧はまいてたけどまだ昼前後で」

「――」

「沢があったッです、きれいな沢が。そりゃあきれいな水が流れてて。で、そのふちでつっ立ってたんです。そしたらどっかからその唄がきこえてきて」

「――」

「最初は僕も空耳かと思ったッです。一回きこえてそれで終ったから。ところがもう一度同じ唄がきこえるッです。それも何かコノ僕に対して、こっちに向って唄ってるような」

「――」

「それで気味悪くなって、霧も深いし、馬はいないし、帰ろうと思って沢づたいにぶらぶら歩き出したッです。そうすると今度はさっきより近く、怒ってるみたいに唄うじゃないですか。本当に何か怒ってるみたいなッです。それで恐くなってどんどん足速めて、――十分位は唄が追って来た」

「――」

「沢をはなれて尾根道に向うまで。何だか出てけって云われてるみたいで。ああ、私その文句おぼえてるッですよ。山下りながらずっと耳について、何度も自分で唄ってみたから」

「どんな文句なッです」

「こういうッです」

男は一寸奇妙な節をつけ、キナできいたというその唄を呟いた。

ソノナワワッカ

ベデナイジャ
シシキコイタラ
ベタルッゾ

店内のレコードがいつか切れていた。

火の上のコーヒーがカタカタ鳴っていた。

「声ってどんな声？　人間の声？」

拭きかけたコップを左手に持ったまま、カウンターの中からゆかりちゃんが聞いた。

「人間の声ですよ、それはまちがいなく。大人の声のような、子供の声のような、女の声もまじってた気がするな」

突然コンちゃんが大声で叫んだ。

「そりゃニングルだわ！」

するとゆかりちゃんがびっくりした顔で、

「ニングルって何よ！」

「あんたニングル知らないのかい！」

「知らない。なにそれ」

「じいちゃんか、ばあちゃんにきいたことないかい」

「ない」

写真家がカウンターに身をのり出した。

「何です一体そのニングルって」

伝説は早くもゆかりちゃんの代にはもう伝えられず消えようとしているらしかった。

ソノナワワッカ
ベデナイジャ
シシキコイタラ
ベタルッゾ

一体それはどういう意味なのか。
写真家に教わってメモしたその文句が奇妙に頭にこびりついて残った。
夕暮れの森を家へと歩きながらおぼえたその唄を呟いてみた。

ソノナワワッカ
ベデナイジャ
シシキコイタラ
ベタルッゾ

風がごうと過ぎ、森がざわめいた。
ふと見るとイタヤの先端の葉先が既にかすかに色づき始めていた。

SCENE III

去年の夏、富良野には雨が降らなかった。

何十年ぶりという大旱魃《かんばつ》が富良野盆地をからからに乾かした。

その春。

僕は西布礼別《にしふれべつ》に、山間《やまあい》四町歩の谷間《たにあい》を借り受け、富良野塾なる私塾を開いていた。

先年放送したテレビドラマの影響で、富良野に住みたいという若者が後を絶たず、身一つで押しかけて来る者までいたりしてその対応に悩んだ結果、多少とも自分の力になれる範囲、シナリオ・ライターと役者の為の養成の足場をと考えたのである。いくつかの雑誌で考えをしゃべったら忽ち応募者が殺到してしまった。一昨年の九月東京で面談しそのうち十余名を引き受けることにした。

若者の為の塾を開くにあたり、僕には一つだけ守りたいことがあった。

一切金をとらないということである。

受験料も受講料も生活費も全て、一切不要とする、裸一貫で来てもらう。元々若者に金のある筈はないし、親に出させるか無理して作るかいずれにしても支払ったという妙な奢《おご》りを持たれたくない。こっちもそれによってペイしようなどというケチな心情は抱きたくないし幸か不幸か子供がいないから、ままよ難民を預ったと思えと妻を納得させ自分も納得した。

その代り彼らに労働を課した。

富良野農協の組合長にかけ合い、猫の手も借りたい農繁期の入手に彼らを雇っていただくよう交渉した。

日雇い。

これを当地では出面《でめん》と云う。

面を出すという意だという説と、DAY-MENから来たという別説とがある。

五月から十月まで約六ヶ月。朝の七時から夕刻五時まで日曜祭日一切関係なく連日畠か人参工場へ出る。

一日の出面賃凡《およ》そ五千円。

食事当番突発的病人を、塾へ残すから平均十二名、これが半年連日働いてその金で一年の食費衣料費冬場の暖房費自動車のガソリン代全てを賄えと命令を発したら塾生一同頭かきむしり初等数学に一ヶ月挑んで、結果一日の食費が二百八十円、これで三食喰うこととなった。

塾の惹句を書けと云ったら「戸塚より富良野」という凄いのを出したのがいてこれはもう萬流などはるかに超えている。（註・戸塚とは当時話題になった戸塚ヨットスクールのこと）

しかし住居は当方で用意した。

塾地に借用した四町歩の荒地。そこに離農者の廃屋があったのをスタッフと共に一昨年《おととし》の十二月、何とかかんとか住めるようにした。したと云っても金はかけていない。富良野市内の工務店を廻り、新築する家の情報をききこみ、新築するということは旧家をこわすということであるから、こわす旧家に前夜とりついて板壁階段あらゆる廃材をこじ外しはぎとりトラックに積んで廃屋の壁面を更新したのである。そこへ三月塾生たちが来た。来たものからこき使い丸太小屋を建てた。

扨《さて》。

スタッフ含めて十数人の集団。

この集団が生活する為に、最大の問題は水であった。

塾地は布礼別の、更に山奥。

布礼別の聚落にすら水道は来ていない。

計画を樹《た》てた一番初めから水こそ最大の問題だったのだが、塾地のふちを走る山沿いの沢に山から一筋流れこむ水路。この先を探ると水が湧き出ていて、それはその土地の古老にいわせても切れたことのない豊富な湧き水で、市の水道課の権威を呼んで調べてもらったらこれなら大丈夫、二百人分はゆうに賄えるとまことに有難い太鼓判を捺《お》された。そこでその湧き水から管で水を引き、多少高くなった住居のあたりまでポンプで吸引し水を確保した。

そこへ真夏の大旱魃が来た。

涸れる筈のないその湧き水が、九月に入ったら涸れ果ててしまった。塾生たちは六キロ以上離れた、近くの農家へもらい水に通った。

山おじと呼ばれるその老人がフラリと塾地へ姿を見せたのは十月の初めの冷えこんだ朝である。

「井上のおやじにそう云われてきた。水出るか見てやる」

老人は腰に荒縄をまき、黒光りのする鉈《なた》を下げていた。年の頃は七十をもう過ぎているだろうか。

つぎだらけのズボン、黒い地下足袋。額に刻まれた幾重ものしわ。しかしその目の異様な澄み方が何か只者でない匂いを発していた。

塾地へ人が来ると激しく吠えつく四頭の北海道犬がどういうわけか、老人を見ると怯えて退いた。

老人——山おじは牧草地を横切り、まず真直ぐに湧き水へと歩いた。

そこが水源と教えたわけではない。

なのに山おじは全くためらわず、誰にも教わらず直行したのだ。

十メートル程の沢幅の上へ踏み板を渡した水源への橋。その橋を渡って藪を少し漕ぐ。

その奥の斜面に水が湧き出ている。山おじは迷いもせずその場所へ立つと岩肌からかすかにしたたり落ちている湧き水の名残りを指の先につける。

ペロリとなめてじっと目を閉じた。

「七月ごろまではじゃんじゃん出てたッです。昔ここにいた人にきいてもこの湧き水が涸れたことはない。昭和の初期から此処にいたけど」

「静かにしてろ」

「は」

老人は動かない。

沢音だけが静寂の中にある。

何分たったか。

老人が動いた。沢へ戻りつつポツリと呟いた。

「森は重態だな」

「は?」

沢を見ている。

老人の瞳に沢の蒼《あお》が写っていた。

「洪水の出たことがあるだろうこの土地は」

「は？——あ、はい」

「いつ頃だ」

「たしか昭和の三十七、八年。鉄砲水でこの谷半分、水びたしになったたって話をきいてます」

「——」

「上の橋もその時流されたって」

「見てみれ」

「は？」

「この沢の底は見事な岩盤だ」

「はい」

「この岩盤、厚さはどの位あると思う」

「——さあ」

「百メートルはゆうにあるべえ」

「百メートル⁉」

「——」

「この岩盤が。地下百メートルまで。ずっとこの、岩のまま続いてるッですか⁉」

老人は答えず板橋を渡り、牧草地を斜めに反対側の山へ向った。

塾地は南北に山が迫っている。その谷間《たにあい》の小さな盆地である。東に富良野岳の山容を望み、西に芦別岳の山頂がそびえている。

その牧草地のほぼ中央部。小さな楡《にれ》の集落の脇で老人は立ち止り富良野岳を仰いだ。

目が山波をゆっくりなめながら何か小さくつぶやいている。

僕はまばたきもせず老人を見ていた。

と。

老人は腰から鉈を抜きそこらの灌木を払いはじめた。そして、突然奇妙な動きに出た。

地べたにいきなり耳をつけたのである。

そのままじっと動こうとしない。

北の山林に小鳥たちがさわいだ。

突然。

老人が身を起し、楡の下枝を、一本はらって地べたにグイと突き立てた。

「ここだな。明日若いのを寄越す」

そのまま老人はもう歩き出した。

「一寸待って下さい！」

あわてて僕は老人を追い、歩く老人に並んで歩いた。

「あすこを掘れば水が出るんですか」

「出る」

「どの位掘れば」

「知らん」

「知らんて、しかし井戸掘りは金がかかるわけでしょう。たしか一メートル一万円とか」

「――」

「この上の農家も軒なみ水が涸れて、今年はあちこち掘ってるんです。たとえばこの上の伊藤さんとこでは四十メートル掘ってやっと出たとか」

「四十もかからん。三十五、六で出る」

「しかし四十でやっと出たけど水圧が低くて水を揚げるのに随分大きなポンプが要《い》ったとか」

「ここの水脈は強い流れだ。上で当てたンとは全然別もンだ」

「流れ？」

「――」

「流れって、――アレなンですか？　地下水っていうのは流れてンですか？」

「当り前だ。川だ。地底の川だ。たまり水だら腐っとってつかえん」

「へえ！　そうすると本当にそれだけ、三十五、六メートル掘れば必ず、あすこで井戸が湧き出すンですね」

　老人が突然僕をふり返った。

「あんた、水がなくて困っとんだろう？」

「ハイ。それは」

「じゃあ云う通りにすりゃあええ」

「――」

「明日若いのを寄越すがいいな？」

「――はい」

山おじの云っていた若い井戸掘り――。若いと云っても六十はすぎていると思われる無口な老人と、その甥だという四十前後のこれまた超無口な二人の男が何やら古ぼけた機械をかついで中富良野からやって来たのはその翌日の朝の七時半。何をきいても殆んど答えず、山おじの指示した件《くだん》の場所でひたすら黙々と作業を始めた。

水に当ったのはそれから五日後。

ドリルの歯先が不意にスッと落ち、それから再び岩盤へ当って、更に二時間、もう一度今度は大きく落ちて見事男たちは水流へ到達した。

最初の水系まで約三十メートル。その下の本流まで三十六メートル。将《まさ》に山おじの予告したぴったりの深さにその地下水は流れていたのである。

しかも。

その流れは明らかに激しい意志を持ち、管を通すと地下三メートルまで一気に水圧で吹き上がってくる。後はもう簡単なポンプで呼び出せた。

殆んど最初から濁りも混らない、信じられない清冽な水だった。

僕は呆然とその水を見ていた。

井上のじっちゃんに逢いに行ったのは、それから三日程たってのことである。

「井戸が出たそうだな」

「ありがとう、助かった」

「なンもだ。あいつはわしの云うことならきく」

「礼がしたいッだ。山おじはどこにいる」

「判らん」

「判らんて」

「あいつのおるとこはわしにも判らん。山へ入ったか、内地へ行ったか」

じっちゃんのMボタンが相変らずはずれている。

「じっちゃん、あの人はどういう人なッだ」

「どういう人ちゅうて、ああいう男だ」

「――」

「どうして」

「井戸を掘る場所を決めるのに、何とも不思議なやり方をした」

するとじっちゃんはウフッと笑った。

「地べたに耳つけたべ」

「知ってるッかい!」

「あいつは地の下の川音をきくッだ」

「地の下のったって三十何メートルあるッだぜ。おまけに堅い岩盤の下だ」

「それがあいつには聞けるらしいッだ」

「そんなに耳がいいのか」

「いや最近は耳が遠くなっとる。只聞くちゅうのとも一寸ちがうらしい」

「どうするッだろう」

「知らん」

じっちゃんはアブをじっと見ている。

アブはじっちゃんのしわだらけの二の腕にぴたり止って血を吸い出した。

いいかげんに吸わしてからバチンと叩いた。

アブがバタリと土の上に落ちた。

「元の湧き水はまだ出んか」

「出ない。殆んど」

「三日前の雨は、影響しなかったか」

「川の水は少し増えたけど、湧き水は全然だ」

「本物の湧き水だな」

「――――」

「山おじに見せたか」

「見せた。なめてた」

「何か云ったか」

一寸考えた。

ああ、と思い出した。

「森は重態だな、ってあの人は云った」

じっちゃんの目玉が急に僕を見た。

「森が重態だって、あいつがそう云ったか」

「そう云った」

じっちゃんが珍しく眉根にしわ寄せた。

折れた煙草をとり出して咬《くわ》えた。

僕はライターで火をつけてやった。

じっちゃんはしかし何も云わない。

「湧き水をなめて、森が重態。一体どういう関係があるンだ」

「そりゃあ大ありさ」

じっちゃんが僕を見た。

「森は云うてみりゃ地球の心臓だ。水という血を作って里へ流しとる。地上へ見えとる川が静脈なら地下に流れとる伏水は動脈だ。動脈の先っぽに血が来んようになったら人はどうなる。おしまいだべさ」

「――」

「地球だって同じだ。同じことになる」

「――」

井上のじっちゃんはモゾリと生きてる。しかしながら時々物凄いことを云い出す。ある時は哲学者。ある時は科学者。何しろある時僕はじっちゃんからアインシュタインのアイタイセイゲンリについて――

「人間は里に水がめを作るべさ」

「水がめ？」

「最近もホレ、滝里に、一村つぶして作ろうとしとる」

「ああ、ダムのことか」

「そうだ。したけど一方森を伐り開く」

「――」

「森はダムだよ、判るか先生。それも一つや二つ分でない。何十何百のダムを合わせたその位のどでかい水がめだわさ。しかもその水がめは神様が管理しとる」

「――」

「神様の管理は凄いもンだよ。近頃はダムもコンピューターつうんかい。プログラムたら何たら偉そうに云っとるが、神様のプログラムにゃ太刀打ちできねえ。太刀打ちできねえのに偉そうにまァ、水がめ作れ、村つぶせ。それで一方で別の役人がもっと開発だ、森の木ィ伐れ。森伐ることが神様の水がめをよ、ぶちこわしてることにちっとも気づいてねぇ。心臓けずっといて血が出んて騒いどる。判るか？」

云わんとすることはビンビンと判った。

じっちゃんは道具をとり、片付けを始めた。

北の峰に夕陽が落ちかけている。

納屋に歩きつつヒョイと足を止めた。

一寸考える。

そしてふり返った。

「最近誰か訪ねてきたかい？」

「誰か？」

「うン」

「誰かって」

「まだ来ンか」

「誰かって誰だい。じっちゃんの知り合いか？」

するとじっちゃんは又一寸考え、

「じゃあ山おじが云われて来たンだな」

「？」

「森は重態。——そりゃ伝言だ」

「伝言？　誰の」

「——」

「訪ねて来るかもしれんて人のか」

「——」

「誰よその人は」

するとじっちゃんはチュンと手洟《てばな》をかみ、納屋の中へのっそり入って行きながら独り言のようにポソリと呟いた。

「山おじの師匠だ。山に棲んどる」


北時計のミヤさんに呼び出されたのは十月末のある日のことである。

富良野盆地に雪虫が舞っていた。

雪虫が舞うともうじき雪が来る。

約束の「くまげら」の奥座敷へ行くとミヤさんと仲世古のヨシオさんが来ていた。

「実は先生、ここだけの話ですが」

ミヤさんが小声で僕に囁いた。

「どうもチャバの奴に女が出来たらしい」

「なになに⁉」

思わず坐り直した。

「先生、露骨にうれしそうな顔しちゃいかん」

ヨシオさんに脇からたしなめられて、僕は赤くなり鼻をこすった。こういう話はやはりうれしい。ヨシオさんだってうれしそうである。

首をつき出し、声をひそめた。

「相手は何者」

「それが、すすきのの女らしい」

「札幌か！」

「あいつ業者の寄り合いとか何とか、口実つけてはこゝとこしょっ中こまめに札幌に通っとるです」

富良野札幌間百四十キロ。車で片道三時間かかる。

「ヒロミさんはそのことに気づいてるのか」

「判らんけど。どうだべか」

「ヒロミさんだら気づいとるぞきっと」

「あの人警察官の娘ですもネ」

「そうそういつかチャバがボヤイとった。お巡りの娘はやることとちがう。泳げるだけ泳がして証拠つかんでガチャッと来る」

ヒロミさんはチャバの奥さんである。

「で、その情報は確かなのか」

「店も女の名前も判ってます」

「一寸待て。書き留める」

手帖とペンを出した。

「すすきのG4ビル」

「G4ビルか」

「判ります?」

「行きつけの店がある」

「バー〝つらら〟」

「つらら——知らんな。何階?」

「それは判ンない」

「あすこは物凄く飲屋が入ってンだ」

「そこのエリカさん」

「エリカさんな。判った」

久方ぶりに心がわくわくした。


すすきのは感動的な盛り場である。面積にすれば歌舞伎町ぐらいか。そこに銀座から青砥あたりまで、あらゆる種類の飲屋がつまっている。過疎の北海道過密の東京、それがここだけは逆転している。

つららは小さいがひどく混んでいた。

古ぼけたカウンターに十席程の止り木。カウンターに沿って腕をもたせかける色褪せた真鍮の棒《バー》があるところが店の主人の心意気を想わせた。

棒《バー》のないバーが横行している。

「いらっしゃい」

隅の席に坐った。

カウンターの中を見る。

若い女が二人。一人はやせぎす。一人はグラマー。胸がつんと出て男好きのする顔立ち。

こっちがエリカにちがいないと思った。

チャバの趣味である。

あとはくたびれたオバンが一人。ママなのであろうか。四十の後半、いやもう五十。肥る、というよりむくみはてている。

「何にいたしましょう」

オバンが笑った。

「水割り」

「いい、だるまだけど」

「いいよ」

煙草に火をつけてそっとエリカを見た。

客としゃべっている。

アハハと笑ったら金歯が光った。

「先生、チャバさんにきいてきたッですか」

思わずギクッとして目の前のオバンを見た。疲れてはいるが人の良さそうな目。かすかに笑いながらマドラーを使っている。

水割りを出しながらニコッと僕を見た。

「うれしいわ。来てもらえて。私エリカです」

あやうく止り木から転倒しかけた。

「あれのことで来たンでしょう？」

「あれ？」

「探してるンだけど出てこンのだわ」

「――」

「こないだ見した分、あれで終《しま》いみたい」

「――」

「チャバさん本当に熱心なンだから。先生の為って、車とばして何回来たべか」

「――」

「富良野からだら往復六時間。並みの人だら出来ることでないもねぇ」

「――」

「車だからってお酒も飲まんしさ」

「一寸」

あわてて言葉を探した。

「オレの為って、どういう、一体」

「アラ、見たンでしょう？」

「何を」

「あのコピー」

「コピー？」

「チャバさんコピーとって見せたって云ってたけど」

「どういう」

「一寸待って」

　エリカオバンは着換え室へ消えた。

　水割りのグラスを口へ運んだ。

　何が何だかさっぱり判らない。

　都はるみの唄が流れている。

　書類を入れる大型の封筒を持ってエリカさんがカウンターの向うに戻った。

「これ。まだあの人見せてなかったの？」

　封筒には「陽電」と刷られている。チャバの経営する電機屋の名前である。

「中。見て、かまわない？」

「勿論。汚いわよ」

　封筒の紐を解く。

「何か、飲もうかな」

「あ。ごめん。どうぞ」

「そんじゃチューハイ」

　封筒の中から数葉の紙が出た。

古いボロボロのザラ紙である。

変色し、所々隅が千切れていた。

紙面にびっちりと手書きの文字がある。恐らくカーボン紙で複写したものらしい。

右上段に囲いがあってそこに真黒い太字が踊っていた。

『ピエベツ新聞
　　昭和三十八年十二月一日発行
　　発行人　丸太才三』

都はるみが聴覚から消えていた。

「これは——。どうして！」

「その頃私富良野におったゝだわ。ピエベツの開拓村。四十二年に夜逃げするまで」

「——」

「その新聞出しとった丸太才三さん。うちの近くのお兄ちゃんだった。近くったって六キロはあったけど。あの頃——十八か、十九だったろうか」

「——」

「月一回位新聞作ってね、何も当時は娯楽がなかったから。一軒々々に配ってくれたゝだわ」

「丸太さんていうと——丸太喜一さんの」

「そう三男。先生よく知っとるね」

「この人今どこに」

「死んだわ」

「死んだ」

「四十年かな。原始ヶ原へ上る七滝のあたりで首つったんだわ。神童って云われた秀才だったからね、当時ホレ日光の、華厳の滝に身投げした」

「藤村操」

「ああそれ。あの人と同じだって云われてね。なんも。本当は一寸ちがうのよ。上の兄さんの公作さんと何か井戸のことで大げんかしてね、泣いて山行って死んだっちゅうんだわ」

「────」

「公作さんもその後悩んで、おかしくなってどっかに消えたけど。あの頃はそういうことしょっ中あったんだわ。アラ」

さっきエリカかと誤認したグラマーが、胸から先に僕の前へ来た。

「ママ、紹介します、倉本先生」

「つらいらでございます」

金歯が光った。

刻々に息をひきゆく子を抱き　おろおろ親の血は涸れんとす（山下緑朗）
戦捷の文字を入れたる支那地図に　代用食のパンをこぼせり（遠藤賀蔵）
豪雨禍の枯草原に細々と　秋虫の鳴く野良にたたずむ（佐藤喜市）
降る雪の底に何かが鳴っていて　ぬれ易きわが四十の顔（村上白郎）
寄りどころなき侘びしさを捨てかねて　ワインは赤き血のたぎりもつ（佐藤吐詩恵）

深夜の常宿はしんとしていた。

スタンドの灯に見る「ピエベツ新聞」は、夭逝したという丸太才三氏の手書きの文字で当時を伝えている。

先年の豪雨禍、十勝の爆発、水害、近隣でのブルドーザーの導入。じゃが芋の成績、町の情報。そして地元の歌詠みたちの歌。

それらの記事たちの左上方に「社説」と書かれた一文が置かれていた。


「社説。

森は無口である　丸太才三。

森は無口である。何も語らない。我々が次々に樹を伐り倒しても森は抗議の声すらあげない。それをいいことに我々は森を伐る。

ピエベツ東部の原始林の皆伐《かいばつ》。

今考えても心が痛む。

あれは一体何だったのか。

皆伐の結果作られた畑地は何も産み出さず結局捨てられた。

友よ。

あの荒地に今何想うや。

樹たちが数百年かけて築いた、豊饒なる森林を一瞬に破壊し、そして結局放置した人々よ。

森は。その中の無数の生命《いのち》は。それを育《はぐく》んだ森の神々は、我らの所業をいかに思いしか。

よしかりにその地が何百俵の馬鈴薯、何百俵の玉葱を産んだとて、森を伐ることはそれに価《あたい》したか。

去年の台風九号の折のピエベツ沢のあの氾濫のこと。

表土を削り岩をくつがえし怒号を発したあの沢の激昂。そして今年の対照的水涸れ。

あれらは森の怒りではなかったか。

無口な森たちの怨念の怒りでは」

そして。

その次に続く文章が、煙草をとりかけた僕の手を凍らせた。

「あの時ニングルは云ったではないか。

人間の時と樹々たちの時。

時の流れの速度がちがうのだ、と。

人が一年でなしとげることを、森は百年二百年かけるのだ。

森の時計はゆっくり刻むのだ。

しかも彼らは、同等の生なのだ」

街のどこかを救急車が過ぎていく。

そのサイレンが心を刺している。

僕の目はザラ紙に吸い寄せられていた。

「あの時ニングルは云ったではないか」

「森の時計はゆっくり刻むのだ」

SCENE IV

旭川市豊岡《とよおか》在住の鷲見広章さんという方から一通の封書をいただいたのは一月末のことである。

「拝啓　倉本聰様
『諸君!』二月号拝見致しました。

倉本先生がピエベツの廃屋を訪ねるくだり、丸太さんのこと、とても驚きました。

そして、倉本先生のこの文が、わたくしの中ですっかり埋れていた記憶を覚まして下さいました。

いつか理解していただける方にお話ししなければと思いつつその機会もなく二十数年という月日が流れてしまいました。

まだ面識も得ませんのに甚だ不躾かとは存じますが、わたくしの心の内を聞いていただければ幸いです。


わたくしは、昭和二十五年、十五の歳でピエベツに入植致しました。終戦までは樺太におりました。

当時の戸数はベベルイで七十、ピエベツで二十戸はあったかと思います。

開拓まもないピエベツは、ベベルイに追いつけとばかり、昼は開墾に励み、夜は組織づくりに集会を重ね、寝る間もない程でした。

皆故郷を捨ててこの地へ来たのですから、ピエベツに賭ける熱意はただならぬものがございました。

他の地域では類をみない早さで組織づくりは進み青年団が発足いたしました。

丸太喜一さんの次男、英次君もこの青年団におりました。

英次君という人は一風変った人で、当時で言いますところの文学青年とでも云いましょうか、いつも青白い顔で集会にやって来てはなにひとつ発言せず、常に考えごとをしているような人でした。

わたくしは、いたってがさつな人間ですので、英次君のような人は苦手なタイプですが、かえって正反対の方が馬が合うのでしょうか、彼と親しくなるまでに、それ程時間がかかりませんでした。

英次君はわたくしに色々な本をすすめては小説家になりたいとその夢を語っておりました。夢は結構なのですが、英次君は全員参加の寄合いや活動をたびたびさぼり、皆からは白眼視されておりました。

青年団の創設事業が軌道にのった頃、団員達の融和を図ろうと云うことで、新聞の発行と廻し日記――〝廻し日記〟と申しますのは、一人が何日か記入すると隣りへ廻し互いに書いたり読んだりする日誌のようなものです。――を行うことになりました。

この時ばかりは英次君も大乗り気で、ピエベツ新聞の発行は自分がやると積極的に申し出、富良野の町までわざわざ行って古ぼけた謄写版まで自費で購入して参りました。

ピエベツ新聞の第一号が出たのはたしか昭和二十七年頃だったと思います。

以来十年近く、英次君は実にこつこつと粘り強く粗末なガリ版のピエベツ新聞を一人で細々と出しつづけるのです。

英次君が山で伐採の作業中、倒れて来た木にはねられて死んだのは昭和三十六年の二月のことだったと記憶します。

当時英次君の父親喜一さんと兄の公作さんは内地に出稼ぎに行っており、急をきいたわたくしは英次君の弟の才三君と二人で現場へ急行したのです。

英次君は既に冷たくなっておりました。

その夜は夕方から雪が降り始め、平野部ではそれに風が伴って道は随所に吹きだまりが出来ており視界も殆んどきかぬありさまでとても遺体を下ろす状態ではなく、わたくし共は森の中に火を焚き二人で一晩中英次君の遺体を守って起きていたのであります。

あの時才三君はたしか十六、七ではなかったでしょうか。

声をかけるのもためらわれる位、才三君は打ちひしがれておりました。

才三君は当時富良野高で、開闢《かいびゃく》以来の秀才と謳われておりましたが、殊にその文才は抜きんでているといわれ、それは多分に十歳以上齢《とし》のはなれた英次君の影響と思われました。

才三君は英次君のことを心の底から尊敬していました。又英次君もこの弟を何にも増して可愛がっていました。

わたくし共は遺体の前で只黙々と火を焚くのみでした。

あれはもう夜明けに近かったでしょうか。

うとうとしかけていたわたくしのひざを、才三君がつついたのです。わたしくはドキンと目をさましました。

才三君はその時遺体の向うに拡がる雪深い木々の根本の一点をまばたきもせず見つめていました。わたくしもその視線を何気なく追いました。そうしてそこに三疋《びき》の小さな、人間の形をした十五センチ程のものが、じっとこっちを見つめているのを見たのです。

それがニングルとの出逢いでした。

わたくしにとってはたった一回。だが才三君にとってはそれから恐らく何回も逢うことになる森の小人との、多分初めての出逢いだったのです。


英次君の死後ピエベツ新聞は、才三君が継ぐことになりました」


ここまで読んで僕は煙草に火をつけた。

鷲見広章氏なるこの人が、ニングルとの最初の出逢いについて、三疋という表現をしていることが、僕には妙に生々《なまなま》しかった。

それと。

鷲見氏の手紙はどうやら僕の『諸君!』連載の二月号を読んだ時点で書かれたものらしい。三月号で僕は初めて、ピエベツ新聞に遭遇するのだがその新聞の発刊のいきさつが手紙には偶然記されてきている。しかも。三月号で僕が書いたように、すすきの「つらら」のエリカおばさんから僕が手に入れたピエベツ新聞は三十八年十二月の発行で、発行人は丸太才三。つまり英次氏から才三氏へと受け継がれた後の新聞だったのだ。

鷲見広章氏の手紙の引用を続行する。


「その同じ年の春だったと思います。

そのころわたくしたちは、農地を拡げよという大方針のもとに、ピエベツ東部、前富良野岳の山裾に拡がる大原始林の皆伐作業を漸く完成しかけていました。

才三君がピエベッ新聞に『ニングル』と題する連載を始めたのは将《まさ》にその時期でありました。

ニングルとの出逢い、ニングルとの交流、小説とも実話とも何ともつかぬ一種不思議な文章のその中で、才三君はニングルたちの発言と称し、ピエベッ全村の事業であるところの原始林の皆伐を俄に批判攻撃し出したのです。

原始林をなくせば命とりになる。

それが主要な論旨だったかと思います。

ピエベッの村の住人たちは、最初のうち気にしていませんでした。それを一つの単なる読物――いや、童話のようなものととっていたからです。

ところがある日才三君が、自分の書いたその文ののった新聞を、当時自然保護云々を唱え始めた北大教授の――名前は忘れましたが、何とかさんに郵送し、それがその教授から北海タイムスの手に渡って、札幌からわざわざ何人かの人が原始林皆伐の実情調査にピエベッにやってくるという騒ぎが起って、急に村中の問題となったのです。

あの日のことは忘れられません。

会館と称する小さな小屋にピエベッの男たちは殆んど集り、才三君への攻撃が始まりました。

才三君の父喜一さん、上の兄貴の公作さんも同席しましたが、何しろ村を批判した、売った、才三君のその行為に対し、村中の男が激昂していましたから二人共殆んど口もはさめず、黙ってうなだれているばかりでした。

その中で孤立した才三君は、あれは自分の発言ではない、ニングルの発言をそのまま伝えたのだとかたくなに主張してゆずりません。

ふざけるものでないとみなが怒りました。ニングルなどというものがこの世にいるわけがないではないか。お前頭がおかしいンではないか。

口々に怒鳴られ才三君は、しばらく蒼白にうつむいていましたが、ではと顔をあげ必死に云ったのです。

――この中に僕と一緒に、ニングルに逢った人がいるでしょう？　ニングルの存在を証言して下さい。

わたくしは黙ってうつむいておりました。

心臓がドンドンと音たてておりました。

才三君の視線がその時、わたくしにそそがれていたものかどうなのか。うつむいておったからわたくしには判りません。

しんとした時間が何秒あったのか。

えらく長時間にわたくしは感じました。

わたくしは結局、沈黙を通しました。

みんなの前で〝わしも見た〟と、きっぱり云い切る勇気と度胸、それがとうとう持てませんでした。

倉本先生、ピエベツというのは狭い村でした。

町から隔離された僅かな人々の、本当に本当に狭い社会でした。人々は、仲間か、仲間でないか、のふた色でふりわけられてしまいます。

仲間と認められた人間の発言なら、たとえ夜這いをしようと云ってもやるべと皆はすぐはしゃぎます。そうでない者は何を云おうと冷たく黙殺、――いや、無視されます。村の事業である森林皆伐に批判を唱えた才三君は、既に仲間ではありませんでした。才三君をわたくしは捨てました。


それ以来彼とは道で逢っても、気まずく、親しく話さなくなりました。

才三君が自殺したのは、四十年の秋のことです。

無責任な村の噂では、神経衰弱と云われておりましたが原因は詳しくは知りません。ただその数日前才三君の恋人丸山厚子さんは彼から全部で十冊程もある『ニングル・ノート』をあずかったときききました。

才三君の死で本当に泣いたのは喜一さんら家族と厚子さんだけでした。

わたくしはこの時自分の中にある卑怯者を恥じて酔いつぶれるまで飲みました。ピエベツを離れたのはその二年後です。

このたび先生の『ニングル』に接した時、まずまっ先に思い出したのはあの頃ピエベツで迫害されていた丸太才三という青年のことです。彼はニングルと親交を深め、人間に裏切られてこの世を去りました。

わたくしがこの手紙を書いているのは、当時裏切った才三君への謝罪とざんげの気持からです。

ベベルイ離農者は年に一回、今でも集いを持っているとききますが、ピエベツ出身者は集っておりません。

丸太さん一家はあの後すぐ離散。

才三君の恋人厚子さんは紋別の方に嫁いだときいています。

長い手紙になりましたが、倉本先生の『ニングル』により離農以来忘れかけておりましたピエベツの記憶があざやかに蘇りましたこと重ねてお礼申し上げます。

厳冬にむかいます折、お体にくれぐれも御自愛御活躍くださるよう心からお祈りいたします。

遥かなピエベツの原野を想いつつ、ペンをおかせていただきます。

敬具

一月十八日

鷲見広章

倉本聰様」


旭川市豊岡七条。

鷲見氏の自宅はすぐに判った。

あらかじめ電話をかけてあったので広章氏は僕を待っていてくれた。

小さな木工所を経営しているという彼の住居は工場の裏にあり、職人の使う電気カンナの音が窓のガラスをふるわせている。

富良野を出た時は晴れていたのに、旭川はしんしんと雪が降っていた。

僕はすすきののエリカさんにもらったピエベツ新聞の例のコピーを広章氏の前に拡げてみせた。

広章氏は僕と同年輩であろうか。老眼鏡をポケットから出し、なつかしそうにそれを見

ていたが、

「これですよ。たしかに才三君の字です。わしンとこにも三枚あるンです」

「新聞がですか？」

「ハイ」

「それは、いつ頃の」

「これは――三十八年十二月とありますね。うちにあるのはも少し前のです」

「見せてもえらえますか」

「多分見たいって仰有ると思って昨夜物置から探し出したンです。も少しあると思ってたンだが、三枚きりしか残ってなかった」

氏は紙袋から新聞をとり出した。

こっちははるかに保存がよかった。

三十七年六月の発行。

「これはそうするとお手紙にあったピエベツ村の才三君吊し上げ、それから一年程後のものになりますね」

「そうですね」

「吊し上げられた後でも才三氏はピエベツ新聞を出してたンですか」

「出してました」

「――」

「殆んどの村民は配られても黙って捨ててたようですが才三君はがんことというか、他人に何と思われようと新聞発行は止めなかったようです」

「――」

「英次君から受け継いだという、その使命感もあったンでしょうか」

「――」

「ここを読んでごらんなさい、あれ程云われたのにニングルのことをまだ堂々と書きつづけてるンです」

六月号の新聞を手にとり、老眼鏡を僕もとり出した。

ニングルとの対話㈢

丸太才三

承前。

――森の木を伐ってはならないのか。

「全く伐るなと云ってはおらん。しかし。昔アイヌは狩りをするのに必要な量しか獲物をとらなかった。森の木だって同じではないか」

――しかし木材の需要は多くある。

「ある程度要《い》ることは知っている。しかし伐った木をここらの土地で全部使っているとは思えない」

――勿論この土地だけで使ってはいない。必要としている他所の土地へ送っている。

「他所の土地には木がないのか」

――ない土地もある。

「それは昔森を伐り過ぎたからではないのか」

——そういう土地もあるだろう。

「伐り過ぎて今木がない。それはその土地の責任だ。その土地の面倒まで見る義務があるのか」

——元々森のない土地だってある。

「何故そこへ住んだ」

——何故って、木がなくても畠に適している土地がある。

「それじゃあ畠で食えばよい」

——家を建てるには木が必要だ。

「穴掘って住めばよい」

——そうはいかない。人は家に住む。

「そこが判らん」

——どう判らんのか。

「人間は土地を区分するだろう。その区分には森と平野を、それから豊かな水の流れを一定の割合で配分しないのか」

——。

「たとえば石狩ノ国、森六割、平野三割、水の流れ一割。空知ノ国同じく森六割、平野三割、水流一割。日高ノ国も十勝ノ国も同じ。そうすれば夫々《それぞれ》木材の調達は自分の国内でまかなえばいい。不足したのは自分の責任だ。不足したからと他所の国へたのめば今度はその国のばらんすがくずれる。だからたのまん、たのんじゃいかん。昔からわしらはそうやってきた」

――あんたらの社会ではそうかもしれない。しかし人間の社会ではそうはいかない。一つの広大な地域が丸ごと肥沃な平野っていう場合だってある。そこでは米はふんだんにとれるが木材の収穫は零に等しい、そこに木材を供給してやり、代りに米をもらうというのが一つの国の政策ってもゝだ。

「それじゃあその国の政策って奴は、全体のばらんすを考えてるのか？　森林六割、平野三割、水流一割、たとえばそういうばらんすを国は確実に計算しているのか？」

――。

「たとえ計算してたとしてもだよ。森は水がめだ、畠には水がいる。内地に豊富な水がめがあっても石狩の国に水が引けるか？　そういうことは地域々々で、ばらんすをとらなきゃうまくないゝでないか？」

（つづく）

対話はここでとりあえず途切れていた。

丸太才三氏とニングルの対話。

それが果して実録であるのか、それとも才三氏の創作であるのか、そこのところは何ともいえない。

用意してきた質問のいくつかを鷲見氏に直接ぶつけようと思った。

「お手紙の中に英次氏の亡くなった夜、才三氏と共にニングルに遭遇する、そういうことが書かれてありましたね」

「はい、逢いました」

鷲見氏の顔がスッと曇った。

「たしかに、わし、見た。なのにあの席で、わし云えんかった」

「――」

「まわりのみんなに気ちがい扱いされるのが恐かったンです」

「その時」

「一寸待って下さい!」

鷲見氏が突然僕をさえぎった。

「只、あの手紙には書かんかったけど、後で何人かにきいたことだけど、本当はニングルに逢っていたのはわしだけじゃなかった、もっといたんです。知っとるだけでも後三人いた。そん時は勿論知らんかったけど、そいつらもあん時わしと同じように、見たという度胸が持てんかったンです。持てンで内心ドキドキしながら、才三君を見捨てちまったンです」

ピエベツの原野の廃屋がかすめた。

風が吹き抜ける。

荒涼たるピエベツ。

その板囲いの小さな会館で二十歳《はたち》にもならない一人の青年が部落全体から吊し上げをくらう。

青年は仲間の存在を知っている。

しかし仲間は誰も助けない。

青年はその時仲間の名前を何故具体的に挙げようとしなかったか。

挙げれば迷惑がかかると思ったか。

或いは挙げても無駄だと思ったか。

挙げて否定されるその時の惨めさを、青年は心に予測したのか。

だとすればそれはあまりにも哀しい。

鷲見氏は無言で目を伏せている。

「ニングルはどのような様子でしたか」

「――」

「たとえば顔つきとか、衣裳とか」

「顔は――。赤かったな。霜灼けしたみたく」

「衣裳は」

「衣裳は――ルパシカのような」

「ルパシカ」

「あの当時シベリアから引揚げてきたもんが、町で時々そういうのを着とった」

「色は」

「色は――。茶だったか。――いや、白か」

「緑ではなかった？」

「緑ではなかった」

チャバの見たのは緑だと云っていた。あれは麓郷木材の火事の夜。季節で云えば夏である。鷲見氏の目撃は二月、厳冬期。

「飲みに出ませんか、三六街《さぶろくがい》に。車は家に置いときゃあいい」

己れの古傷をしゃべるに当って、鷲見氏は酒が欲しいらしかった。

帰りは結局深夜になった。

午前二時半。

雪は止んでいる。

国道は全く通る車もなく、降るような星と月の明りが凍てついた地上を蒼《あお》く照らしている。

美瑛の町をすぎ峠道に入ると、左手に十勝の山々の連なりが夜目にも蒼く浮き出して見えていた。

さっき鷲見氏にきいたばかりの二十年前のニングルとの遭遇。その情景を脳裏に描いた。

ピエベツの原始林。

厳冬の季節。

死んだ若者の遺体を守る若者の弟と友人の二人。

パチパチと燃えさかる巨大な焚火。

その森の木の根方に三人のニングルはヒゲを凍らせて立っていたという。

二人が呆然とそれを見ていると、ニングルたちは少し近づき、深刻な顔で帽子をとったという。

「気の毒なことしたな」

一人がそう云った。

「直径三尺はあるカツラだったからな」

ニングルの声は豊かなバスだった。

「倒れた時に反動が来たッだ。反動で元の方が反対側へ飛んだ。それにはじかれた。雪に足とられて逃げそこなった」

「――」

木を伐る時は倒す向きを決める。

たとえば北に倒そうとするなら、北側の幹にまず水平の鋸目を入れる。次にその少し上部から水平の鋸目のどんづまりまで斜めに鋸を入れ三角に切りとる。それから反対側、つまり南側に廻り、北側の三角の上端あたりの位置をまっすぐ水平に切り込んで行く。切り込みが進むと北側にある三角の空洞はやがて木の重みを支えきれず、その方向へメリメリと倒れてゆく。

その時。

注意しなければならないことは、倒れたはずみに木が反動で南へはね戻る現象である。これがしばしば大事故を招く。

伐材は冬場に行われるから深雪の中で作業は進行する。木が音をたてて倒れ始めた時、鋸をひくものは逃げねばならぬのだが、深雪に足をとられることがある。とられてもたつく。そこへはね戻りが叩きつけてくる。

丸太英次氏はそういう形でカツラのはね戻りに殺されたらしい。

鷲見氏たちにニングルがそう云った。

「見とったからな、わしら」

彼らは云ったという。

それから彼らは火のそばへ来た。

小さな体にひときわ目立つふしくれ立った手を火の粉にかざした。

鷲見氏たちは口もきけなかった。

「ピエベツへはいつ来た」

ニングルが訊ねた。

「二十五年だ」

漸く声が出た。

「まだ十年か」

「あんたらはいつからいる」

必死で質問した。

「わしは二百五十歳。こいつは百八十。そっちはまだガキだで八十七歳。この森で生れてずっと此処におる」

「――――」

それからニングルはじっと火を見つめ、しばらく何かを考えていたが、

「一つききたいと思っていたゝだ。あんたらは此処に住む気で来たゝか。それとも儲けて町へ帰る気で来たか」

「住む気で来た」

と鷲見氏は答えた。

「なら何故森を伐る」

「畠を作らねばならんからだ」

「畠はもうあろうが」

「あれだけじゃ足らん」

「――」

「わしらは最近部落共同でブルドーザーってもッを買うことにしたッだ。これがあれば畠は簡単に耕せる。高価なもんだから買《こ》うた以上は畠もどんどん拡げねばならん。大農法という時代が来るッだ」

そこでニングルは黙ってしまった。

鷲見氏は一寸優越感にひたった。

この小人たちは何も知らない。

敗戦が日本をどんなに変えたのか。機械化がどのように人の暮しを、便利に、楽に変えつつあるのか。

二百五十歳と大きく出た小人に文明社会を教えたくなった。

「あんたらは何も知らないだろうけど、今、日本では」

突然ニングルが両手を挙げた。両手を挙げて言葉を制した。

「どこまで森を伐る」

「どこまで？　判らん」

「――」

「拓《ひら》けるところは全て拓くさ」

「――」

ニングルは急に天を仰いだ。

天を仰いで両手を組み合わせた。後の二人もそれにならった。

「ワツカ・ウシ・カムイ。オキクルミに伝えよ。人はヤイ・カムイになってしまいました」

ニングルたちはそう呟き消えた。

以上が鷲見氏の口からきいた、二十年前のニングルとの出逢いである。

ニングルが最後に呟いた言葉は、一緒にきいていた丸太才三氏がピエベツ新聞に引用したので覚えているのだと鷲見氏は云った。

丸太才三氏はそれらの言葉がアイヌ語を元にして成り立っていると説き、その和訳を同時につけ加えていた。

「水の神様。人間神（源義経公）に伝えて下さい。人は怪物になってしまいました」と。

——人は怪物になってしまった。

ニングルの云ったというその一言が、僕の心に突き刺さっていた。

人は怪物になってしまった。

ジープは美馬牛《びばうし》の峠を越えて深山峠へとつっ走っている。

満天の星たち。人家の灯は見えない。

ピエベツで孤立し命を絶った丸太才三という青年を想った。

彼はどうしてニングルにこだわり、その云うところを伝えようとしたのか。

ニングル・ノートが読みたいと思った。

SCENE V

旭川から帰って数日。

鷲見氏からいただいたピエベツ新聞のコピーを僕は何度もくり返し読んだ。

丸太才三氏のニングルとの対話。

その中で。

ニングルは開発という名目のもとに森を伐りすすむ人間の行為に絶望に似た抗議をくり返していた。

しかし。

正直云ってその内容に僕はいささか失望を感じていた。

それらの云い分にはたしかに理があった。しかしその理は人間社会でも、これまで様々な人々によって主張されてきた論に類していた。

文明の前に森林があり、文明の後に砂漠が残る。

云い方はちがったがニングルの主張はそれらの論と類似していた。

従ってそれは丸太氏に対して本当にニングルが語ったものなのか、それとも丸太氏の創作なのか、その点で僕に疑念を持たせていた。中でも最大の僕の疑点は、何度読んでも論は判るがニングルそのものの人格が浮ばない、声質も匂いも怒りも涙もそういうものがさっぱり伝わらない。それ故この対話は本物でなく丸太才三氏の創作ではないか、そういう疑念が拭えないのだった。

僕自身何度か経験がある。

たとえばマスコミにインタビューを受ける。その時取材する多くの記者が、僕のしゃべりを正確に文字にせず、その大意のみを文語で表現した。

たとえば年中ぶつけられる質問。

――北海道へ何故移住したンですか。

その問いに対して僕は考えこむ。

「ええと、それはアノオ――いつもきかれるけど――何ちゅうか――別段さしたる意味はないンだけど――そうだなァ、つまり――強いていうなら――人間関係が下手くそっていうか――つまり――すぐに他人を傷つけちまうし――傷つけたことで傷つくし――だから――要するに疲れるっていうか――まァそういうことやこういうことや――」

これが記事になると以下の如くなる。

――北海道に何故移ったか。

「人間関係に疲れたからだ」

こういう記事たちにいつも傷ついた。

そんな風には僕は云っていない。

自分の行動をそんな風にとても、明快に割り切って僕は語れない。常にあいまい、常に逡巡、ためらい迷い呟いたつもりだ。「疲れたからだ」と断定的に云い切る自信を僕は持たない。なのにそのように書かれた場合、いかにも厳然たる思想に裏付けされ堂々と生きてるように見えるではないか。

これは迷惑だ。

僕はちがうのだ。

僕は本当は極めて軽率に、ひょろひょろ、だらしなく生きているのだ。それが僕という人格であるのだ。

そうした誤謬、誤った認識を、大意の採録はしばしば与える。プロの記者でさえそうなのであるから素人であるところの丸太才三氏にニングルとの対話の正確な採録を要求することはとても無理だろう。

しかし、とにかくそれらの対話から僕にはニングルが見えなかったのも事実だ。


二月。

富良野は例年になく温度の高い日が延々と続いた。

一月はちがった。

一月末までは何年に一度の大寒気団が居坐りつづけた。

塾地では連続三日間にわたり、マイナス34度の朝がつづいた。それが二月にがらっと変った。

温度の高いということは必ずしもおだやかな日ということではない。高いといってもマイナスはマイナス、春先のころに似た湿り雪が降りそれを強烈な風が吹き流す。道路のあちこちに吹きだまりが出来、しばしば通行が不能になった。

井上のじっちゃんが突然ふらりと、僕の家へ来たのは三月の初旬。あの山おじを同行していた。

「井戸の方はどうだ」

じっちゃんがきいた。

「おかげさんでいい水がどんどん出てます」

僕は山おじに頭を下げた。

山おじは窓から崖下を見ている。崖下は積雪に埋っているがその雪の下に沢が流れている。

僕の住むこの家は北の峰の山麓、富良野盆地の西の隅にあり、東のはしにある富良野塾とは盆地をはさんで二十キロはなれている。

「井戸の時は本当にありがとうございました。お礼も云わずにあのままになっちまって」

じっちゃんが脇から代りに応えた。

「あれからこいつはすぐいなくなったッだ」

「――」

「内地に行ってた。そうだべ？」

山おじは黙っている。

黙って崖下をじっと見ている。

「この沢はあばれッかい」

突然呟いた。

「は？」

「この下の沢だ。二、三年に一度は大あばれするべ」

「ア、はい」

その通りである。この沢はあばれる。僕が住んでから九年の間に沢は二、三度大あばれした。一度などいくつもの大木を倒し、濁流となって谷を流れた。

山おじはゆっくり窓から離れ食堂の椅子にチョコンと腰かけた。

井上のじっちゃんがにっこりと笑った。

「先生、こいつは水の権威だ。判らんことがあったら何でもきくといい」

聞きたいことがいくつかあった。

「アノですね、かねがね疑問に思ってたことがあるゝです。ここらの開発局っていうか、河川事務所ではたとえば空知川みたいな大きな川の、河原に生える楊《やなぎ》の群生を整理と称してすぐに伐りとります。二年程前にも空知大橋の下の楊の群生を全部伐り払ってブルで地ならしして平地にしちゃいました。川をきれいにするっていう、何かそういう目的らしいゝですが治水の為にはああいうことは本当にやるべきことなゝでしょうか」

山おじは黙っている。

「楊がいくら雑木といっても、何か僕にはそこに木が生えた、自然に生えたというそのことに何か天然の理由がある気がするゝですが」

「――」

「ああいう風にすっぱり簡単に伐り払っちまってもかまわないゝでしょうか」

「――」

窓の外に小鳥の群れが走った。

山おじはしばらくじっと黙っていた。

塾地に地下水を探し当てた時の山おじ。あの時山おじは巨大に見えた。だが今わが家の食堂の椅子に、チョコンと坐った山おじの姿は只の見すぼらしい老人にすぎなかった。

「川には二種類ある。それは知ってるか」

山おじがボソッと小さく云った。

「川に二種類？――いや、知りません」

山おじは又しばらく考えこんでいる。

「旦那は――」

僕のことを旦那と云った。

「旦那は物を書く人だべさ」

「ハイ。まァ」

「日本語で川っちゅうといくつ言葉がある」

「川ですか」

「――」

「そうだな、サンズイの河、三本ガワの川、後はまァ、沢、渓流。それに小川」

「どういうちがいだ」

「ちがい――。大きさによるッじゃないですか。一番大きいのがサンズイの河。その次が三本川。小さいのが小川。谷間を走るのが沢とか渓流」

「アイヌは別の分け方で呼んだもッだ」

「ほう」

「ベッという言葉とナイという言葉」

「ああ」

「石狩別とか、忠別、愛別、ベッと呼ぶ川ともう一つ別に、たとえば――真駒内、幌内、庄内みたいに、ナイという言葉のあてはまる川だ」

「ははァ」

「このちがいが判るか？　ベッとナイとの」

「――」

「これは大きさのちがいでないぞ」

「いや、判りません」

山おじはごしっと鼻をこすった。

「煙草を一本御馳走してもらえるかい」

「あ、どうぞどうぞ」

あわてて煙草を出し、ライターをすった。

山おじの鼻から太い煙が二本吹き出した。

「なゝてぇ煙草?」

「ラークだ、ラーク!」

井上のじっちゃんが脇から教える。

「ベツっていうのは河床が浅くて、水が出ると年中河床が移動する河を云うんだわ」

「ほう、つまり水路が年中変化する」

「そう。それに対してナイっていうのは河床が深くて、つまり両岸が高くしっかりしていて洪水が出ても河床が絶対移動しない、そういう河のことを云うゝだわ」

「ほう!」

「つまりアイヌは内地人とちがって、河を大きさで分けるゝでなく、あばれるかあばれんか、そのそばにおって安全か危険かそういう基準で分けとったゝだな」

「ほう」

これは初めてきく話であった。

「ところが今の役所仕事はよ、ナイもベッも一緒にして河と考えとる。アイヌが永年の経験の中から生み出した言葉に目を向けとらん」

「――」

「ナイとベッとを一緒くたにして河川工事をどんどん進めとる」

「――」

「ナという言葉の意味を旦那は知っとるかい？」

「ナ？」

「ナ」

「それもアイヌの言葉ですか？」

「そうだ」

「どういう意味ですか」

「水のこと全部だ。いろんな流れだ」

「ナ」

「ナにも二種類ある」

「どういう」

「ワッカとペだ」

「ワッカとペ」

「ワッカとペ」

突然何かが脳裏を横切った。

「ワッカちゅうのは飲める水のことだ。その流れは飲んでもいいちゅう場合に、そういう流れをワッカっちゅうんだ」

「――」

「稚内ちゅったら飲んでいい水が、しかも絶対あばれん河床をいつも同じように流れとる河のことだ」

「――」

「それに対してぺっちゅうたら、飲んではいかんちゅう流れの意味だ。鉄とか硫黄とかを水に含んどって飲んだら当るぞっちゅう流れの意味だ」

「――」

「アイヌ人たちは昔からそうやって流れを言葉で分類しとったの」

「――」

「今は知らんぞ。もうぺもワッカも、人はどんどん勝手に汚すから」

「こういう唄を知っていますか」

さっきから頭に渦巻いていたことを、僕は急いで紙に書きつけた。

「ソノナワワッカ
ベデナイジャ
シシキコイタラ
ベタルッゾ」

走り書きの文字を口に出して読んだ。

井上のじっちゃんと山おじが、何も云わずに顔を見合わせた。

二人の顔を僕は凝視した。

「誰に教わった」

じっちゃんが云った。

「いや、札幌のカメラマンがチカベツの山奥で聞いたっていうんです」

「――」

「知りませんか、ホラ、キナの広場って、野生の馬がいるっていう噂のある」

「――」

「そこに写真を撮りに出かけて、霧が深くて結局馬には逢えないで帰ってきたらしいンですけどその時どこからともなく霧の中からその唄声がきこえたっていうンですね」

「――」

「それも一人でなく二、三人の合唱で」

「――」

「そのカメラマン気味悪くなって逃げるように帰ってきたらしいンです。唄声はしばらく追っかけるように霧の中から続いたって云います」

「――」

「今僕おじさんの話をきいてフッとその話を思い出したンです。ワッカとペという言葉の意味きいて」

実は。

あれから様々に僕は考えた。

ソノナワワッカ
ベデナイジャ

その唄の意味はどういうことなのか。

ソノナワワッカ

ベデナイジャ

シシキコイタラ

ベタルッゾ

思いつく限りの日本語の表現をこの唄の字句に当てはめようとした。しかし殆んど当てはまらなかった。辛うじて僕が強引にした翻訳は、凡《およ》そ以下の様な粗末なものである。

その名はワッカ

ベデナイじゃ

シシキコいたら

ベタルッゾ

意を解すには殆んど無理である。

ワッカとは何か。ベデナイとは何か、シシキコとは何か、全く判らない。最後の一行、ベタルッゾに至っては全ての意味がお手上げである。

しかし今、ワッカという言葉の意味をきいた時、僕の頭に閃くものがあった。それは二行目の字句に連動した。ベデナイを名詞と考えるべきではない、「べ」、ただ一字を名詞とすればよいのだ。アイヌ語ではしばしばべをぺと発音する。たとえばベベルイをペペルイとも云う。べがもしぺならば山おじの説明、飲用に適せざる流れの意になる。「——でないじゃ」これはしばしば富良野界隈で人々の用いる常套句である。

——ナンモ、今の屁はオイラでないじゃァ！

とすると。

その名はワッカ。

ペでないじゃあ。

つまり、その川の名前はワッカ（飲める水）であって、ペ（飲めない水）ではないンだよ、と。いや待て！　もう一度ハッとした。

ソノナ。

このナは名前の名ではない！　そうだ、流れの意味のナ、なのだ！

すると前半の大意はこうなる。

――この流れは飲み水だ。飲めない水とはちがうのだ。

そうなのだ！

突然山おじがボソッと何か云った。

「は？」

「一寸ちごうとる」

「ちごうとる？　何が」

「旦那のきいた唄の文句が」

「知ってるンですね。正式にはじゃあどういう文句です！」

「ソノナワワッカ、ベデナイジャ」

「ハイ！　そのナ、ですね。その流れという意味ですね」

「そう」

「つまりその流れは飲める水だ、飲んでいけない水じゃあない、と」

「そう。

　シシキシヨタラ、ブタレルゾ」

「シシキシヨタラ、ブタレルゾ？」

「そう」

「ブタレルゾっていうのは、ぶたれる、殴られる、そのブタレルっていう意味ですか？」

「そうだ」

「シシキシヨタラ。――シシキコイタラ。シヨタラというのは」

「しよったら」

「つまり、したらの意味」

「そうだ」

「シシキとは」

「シシキはシシキだ。云わんか今は」

　山おじはじっちゃんの顔をふり返った。

「シシキちゅうのもアイヌ語だべさ、小便するちゅう意味があるゝだわ」

「小便したらぶたれるぞ。成程！」

　僕はすっかり興奮していた。

　メモ帳をひきちぎり、急いで書きつけた。

　　ソノナワワッカ
　　ベデナイジャ
　シシキシヨタラ

ブタレルゾ

ベタルッゾは恐らく札幌のカメラマンの、記憶ちがいかききちがいであろう。

全ての意味が今歴然とした。

──その流れは飲める水──飲み水だ。飲めない、どうでもいい水ではないのだ。小便なゝかしたら殴られるぞ。

そう云えばあの時札幌のカメラマンはきれいな沢のふちにいたと云っていた。もしかして彼はその時何気なく沢に小便をしようとしたのではないか。そうしてそれを誰かに見咎《みとが》められ、警告の唄を唄われたのではないか。誰かに。

誰に？

「唄を唄ったのは誰だと思いますか」

思い切って僕は山おじに訊ねた。

「チカベツの奥ですよ。人がいるわけはない」

「──」

「ニングル」

「──」

「ちがいますか？」

「──」

「ニングルって本当にいるゝじゃないですか」

「──」

山おじもじっちゃんもしんと黙っていた。

窓の外を風が突然轟と過ぎ、樹々にはりついていた雪を吹きとばした。

森が一瞬白煙に包まれた。

「チャバは旦那にどう云っとるゝだ」

声をひそめるように山おじが訊ねた。

「チャバ?」

「――」

「いや、チャバからは何もきいてません。ア、いや三年程前ですか、麓郷木材の火事のあった晩、あいつがニングルに逢ったたって話は」

「――」

「でも、その後あいつは何も云わんし」

「――」

「いや、けど――。チャバは何か知ってるゝですか」

「――」

窓の外を再び雪煙が舞った。

「旦那に一つオラききたいゝだ」

山おじが光る目で急に僕を見た。

「何でしょう」

「旦那は最近ニングルのことを、何とか云う雑誌に毎月書いとるべ」

「ハイ」

「どういう目的だ」

「目的——」

「何故ニングルを取りあげた」

「何故って——」

「——」

「かねがね興味があったし——」

「——」

「たまたまある時編集者にその話をしたら書け書けって変にのっちゃって」

「——」

「僕としても何かニングルに関しては、最初は一種メルヘンみたいっていうか、民話みたいなつもりで書き出したゝだけど、調べてるうちにマジにどんどん、目撃者やら証人が出てきて、半信半疑で始めたものが今はもう何ていうか、ノンフィクションていうか」

「何ていう男だ」

「は？」

「その雑誌社の」

「ア、斎藤です。斎藤禎って」

「どういう男」

「どういうって——どういうか」

「真面目か」

「真面目——。ま、編集者の中では。中ではですけど」

「先生」

じっちゃんが口をはさんで来た。

「山おじのききてえのはこういうことなンだわ。つまり、先生がニングルのことを書くのは、ニングルのことを思って書いてるのか、本当にニングルのことを考えて書いてるのか、それとも単に珍しいから書いとるのか」

「いや一寸待って下さい」

「それにその編集者はどういうつもりか」

「いや一寸。編集者のことは僕は知りません。只僕個人、僕個人としてはです、正直云って最初はちがったけど今は本当にニングルってものに」

「止《ゃ》められねえか」

「ハ？」

山おじの顔を僕は見た。

「止めるわけにはいかねえか」

「──何をですか」

「雑誌に書くのを」

「──」

編集者の顔が脳裏をかすめた。

「それは、あれですか」

声がうわずった。

「もしかしてニングルがいやがってるンですか」

「──」

「ニングルが書くのを止めてくれって」

「いやそうじゃねぇ。ニングルは知らん。旦那が雑誌に書いとるなッてことニングルは一人として知っとりゃあせん。わしらも何にもまだしゃべっとらん」

「待って下さい」

心臓がトクトクと音をたてていた。

「おじさんたちがまだしゃべってない。しゃべってないと仰有る以上はニングルと交際があるッですね」

「——」

「直接ニングルを御存知なッですね」

「御存知だ」

山おじが初めてピシリと云った。

心臓の鼓動音が昂ぶっていた。

「井上のじっちゃんもつきあいがあるッですか」

「ある」

「判った」

「したっけ、これはここだけの話だ」

「判った。それで——。僕が雑誌にニングルについて書くのを止めろという忠告は、つまりおじさんやじっちゃんたちの意見ですか」

「そうだ」

「それは何故」

山おじの眉間に刻まれたしわが思いなしか前より深くなっていた。

「なら本当の考えを云おう」

「――」

「実はつきあいのあるニングルの一人が何年か前から旦那をよう知っとる」

「僕を？」

「そうだ」

「知ってるっていうのは」

「旦那が来る前、この森に住んどった」

「――」

「旦那が来たッで奥へ引越した」

「――」

「いや、そいつは別にそのことで旦那を恨んでるとか、そういうんじゃねぇんだ」

「――」

「要するにずっと住んでたなつかしい土地だから時々遊びに来るらしいッだ。それで旦那や奥さんの出入りを樹の陰なッかからずっと見てたらしい」

「――」

「実を云うとチュチュは、――チュチュっていうッだがそのニングルは」

「チュチュ」

「そうだ。チュチュはあることから実はわしらに旦那を引き合わしてくれんか云うてここ一、二年何度かたのまれとる。只、わしらの恐いのは引き合わしたことで旦那がこれ以上にニングルの存在を世間にぶちまけてしまうことなッだわ」

「────」

「いや、わしらは旦那が悪意でもってニングルのことを書いとるとは思わん。しかしニングルがこれ以上知られたら、旦那の意志と関係ないとこで、あの連中が迷惑をこうむる。あの連中にはずっと以前からソッと生きたいちゅう考えが強くある」

「────」

「あの連中は人間に対して徹底的な不信感がある」

風がガラス窓をガタガタゆすった。

井上のじっちゃんがモゾリと動いた。

「ニングル事件ちゅうのを先生は知っとるか」

「ニングル事件？」

「そうだ」

「知らん」

「そういう事件があったッだ」

「いつ頃」

「戦争の始まった一寸後かな」

「それはどういう」

「その時分はまだこのあたりはそこら中森でさ、あっちこっちにニングルが見られた」

「────」

「ある時役場で論議が起きた。ニングルは人間かけものかっちゅう論議だ」

「────」

「先生ならどう思う。十五センチの、二百年以上生きる小人がだ、人間といえるかそれともけものか」

「決ってるじゃないか、小さくたって人間は人間だ」

「そん時もそういう結論になったゝだわ。ところがそういう結論になったことが必ずしもニングルにはいいことじゃなかった」

「何故」

「ニングルは元々自由の民族だ。自然の中で自由に生きとる。何千年も彼らはそうして来た。ところが人間と認定されるならばだ、いわば北海道先住民としての法律の枷《かせ》をかけられにゃならん。そこで役場の持ち出したのが、あの悪名高い北海道旧土人保護法だ。ニングルたちに日本人として、戸籍を作れちゅう無茶を云い出したゝだわ」

「────」

「これには裏があったという説もある。当時旭川にあった師団本部から、ニングルをかき集め一ヶ所に集めて特殊な軍事教練を施し、情報部隊を作り上げいちゅう極秘命令が出たちゅう説なゝだ」

「────」

「何しろ連中はこまいしすばやい。森の中だらどこでも生きられる。軍部がそこに目えつけたちゅうわけだ」

「────」

「そこで役場がニングルに伝えた。お前らは日本人だ、日本に住む以上日本人としての義務がある。只今これから戸籍も作り、日本人として戦争にも出なさい。これにはニングルはたまげたわけだ。何しろ連中は自由に暮して来た。国っちゅう意味がさっぱり理解できん。それで代表が役場のもんに、わしらあどうも意味が判らんから今まで通り山で暮すと、わしらあこれで満足しとるからと。そういう風に云いに行ったわけさ。そのすぐ次の日だ、旭川の師団が演習と称して富良野一帯の森に入った。一説によればその一日で、約八百のニングルの男女がとらまえられて殺されたっちゅう。それ以来ニングルは見られんようになった」

「旦那」

山おじが重い口を開いた。

「連中の寿命は二百五十年だ。齢《とし》くったものだら天明や寛政、そういう昔からずっと生きとる。明治政府やら屯田兵やら、あらゆる歴史をずっと見てきとる。四十年前の戦時中のことなど、経験したものがまだ仰山おる。あの連中が人間ちゅうものを警戒しておるそのわけが判るでしょう」

「──」

「連中は本当にみんな純朴だ。それに対して人間はどうなのか」

「──」

「今の世の中に彼らのことが知れたら、一体どういうさわぎになるのか。わしらには皆目見当がつかんが、何となくわしらはいやな気がするんだわ」

「──」

「どう云えばいいゝだか、──いやな予感が」

「――」

森にいつのまにか雪が舞っていた。

二人の老人は石のように黙った。

夕闇があたりに迫りかけていた。

老人たちの云った言葉が僕の心につき刺さっていた。

老人たちの感じている不安。

それはまさしく当っていると思った。

かつてチャバからチラときかされたニングルの云ったという生活信条。

「知らん権利」と「放っとく義務」。

それは現在の日本人社会とは将《まさ》に対極にある思想ではないか。

人間はその逆「知る権利」をふりかざし、ひっそり生きる者の神聖な領域へまでずかずか土足でふみこんでくる。人間は放っとく義務など持てない。自分に関わりない他人のことへまで、放っておけなくてしゃしゃり出てくる。ヒューマニズムとか正義の為とか適当な言葉を探し出し掲げて。

「旦那に一つきいていいですか」

「――?」

山おじがごしっと鼻をこすった。

「何?」

何故か山おじの顔があからんだ。

「いや――」

「──」

「こういう話は苦手なッだが」

「──」

「旦那ッとこに娘さんがいますか？」

「娘？──ああ」

二十歳《はたち》になるユミちゃんという娘分が、休みの度に家へ来て暮している。

「ユミちゃんのことですか？」

「東京のお嬢さん」

「そうです。ユミちゃん。ユミちゃんが何か」

山おじが再び鼻をこすった。

「実はそのお嬢さんに恋をしちまって」

「恋？──誰が！」

「チュチュが」

「へ？」

「チュチュです」

「チュチュって──ニングルの」

「ハイ」

「──！」

「実は旦那に引き合わして欲しいってチュチュが云ってるのは、そのことがあるからで」

「──！」

「でもわしらがさっきから云ってる理由で引き合わさん方が良いって思って、何となくごまかして引き延ばしとったら――実はチュチュの奴、熱出しちまって」

「――」

「一ヶ月近く寝込んどるンですよ」

「――」

どういう住居《すまい》にいるのか知らない。だが。

原生林のどこか奥深く木の葉か草か小さなベッドで恋に発熱してウンウン唸っている十五センチのニングルを想った。

「一体そのチュチュっていうのは――何歳位の」

「まだ若いンだわ。世間知らずなンだわ。たしか今八十三歳だったか」

「――！」

風が轟と鳴り森の中が再び、一瞬白い雪煙に包まれた。

SCENE VI

フキノトウの匂いがツウンと匂った。

春先のフキノトウ。

まだ雪の残る沢筋の岸辺に冬を押しのけるように萌え出した新芽。その新芽をもいで両手で割ると突然あたりに春が充満する。

沢筋の残雪をユミちゃんが走ってくる。

歩けばいいのにこの娘《こ》はいつも走る。

残雪がかたくしまっているところと腐ってずぶりと入りこむところと、普通に歩いても歩き辛いのにいかにも愉し気にこの娘《こ》ははねて跳ぶ。

二十歳《はたち》になったばかりの艶やかな肌。美しく澄んだ目。何より都会から漸く解放され自然の中に投げ出された娘が、溢れ出る充足を全身から発散させキラキラ光っている、それが素晴しい。しかし。

危なっかしいな、と僕は思った。今に転ぶぞ。

今の娘には珍しい位、ユミちゃんは激しい内股である。黙ってしいんと坐っている時も両足の爪先が内部へ向っている。矯正してやろうと年中注意する。すると、スミマセン。あわてて爪先をパッと外へ向かす。だがものの五分もするともう内側へ向いている。

その内股でヒョイヒョイ走るから左右の爪先がしばしばもつれ合う。もつれて転ぶ。しょっちゅうである。だからユミちゃんは生傷が絶えない。

ア！

小さく声を立ててユミちゃんが転んだ。案の定空中で左右の爪先が、一瞬衝突しバランスを失って倒れたらしい。彼女はあわててはね起きる。はね起き服についた雪を払う。と。

ククク、と木の上で何かが笑った。

ユミちゃんは一瞬木の上を睨んだ。

カケスが二羽樹上から見下ろしている。

電話のベルが遠くで鳴っている。

「？」

沢の情景もユミちゃんもカケスも、それが溶けるように視界から遠のき、電話のベルだけが大きく拡がった。

意識がゆっくりと蘇ってくる。

書斎のベッドの中。

板戸のふし穴から陽光が一筋。

電話をとろうとむっくり起き上がった。その時又ツンとフキノトウが匂った。

「？」

閉めきった部屋である。

書物と、仕事の殺風景な道具と。

野生の匂いなど入るわけない部屋にフキノトウの匂いが充満している。

電話の受話器に手を伸した。

「起したかい？」

「いや、――もう起きなくちゃ」

チャバの声である。

「いつ帰ったの」

「昨夜遅くついた」

十日程カナダへ旅をしていた。

「一寸話がある。今から逢えんかい」


今年は雪融けが例年より早かった。

畑はすでに土が出ている。

けれどその畑に働く人は見えない。

積雪の量がいつもより少なく従って雪融けが早かったということを、農家は必ずしも喜んではいない。

積雪の少なさが地表を凍らせ、しばれは常よりも地中深くまで、土壌をコンコチの凍結状態にしてしまっている。

試みにツルハシをふるってみるがいい。地べたはまるで巨岩のようにツルハシの刃先をはね返してくる。だから農家は手がつけられない。

「北時計」に行くとチャバが来ていた。

チャバは常になく深刻な顔をしていた。

「ＮＨＫの話、きいたかい」

開口一番、チャバがそう云った。

「ＮＨＫ？」

「ああ」

「ＮＨＫって」

「札幌の」

「佐藤さんかい」

「そう、その佐藤さん」

「佐藤さんがどうした」

「先生の留守中こっちに坐りこんで、殆んど毎日森に入っとる」

「それがどうした」

札幌NHKの僕の友人、佐藤威一郎という仲々の人物が、去年の春から丸々一年、富良野の森のドキュメントをとる為に毎月のようにこっちへ通っている。東大演習林の主といわれた東大名誉教授高橋延清先生——通称ドロ亀サンと森林のつき合いを、四季それぞれに森の中に追い、森を考える番組を創ろうと一年余を取材に費したのである。そのことはチャバも知っている筈だった。

「先生、それが話がちがってきとるッだ」

「ちがってきとるとは」

「今度来とるのはその森の話でない」

「森の話でない？」

「そうです」

「どういうこと」

「別の番組つくる為に来とる」

「別の番組？」

「きいてなかったですか」

「全然きいてない」

「やっぱりな。だからマスコミは信用できん。先生の留守中を狙ってきたンだな」

「一寸待て、佐藤さんは悪い人じゃないぞ」

「いやそりゃそう思う？、」

「別の番組って一体何なンだ」

「ニングルだ」

「ニングル!?」

「そうだ。ニングルに関するドキュメンタリーだ。レポーターの女の子もつれてきた。市役所の広報井上のじっちゃん、ヨシオちゃん、宮ちゃん、麓郷の山子《やまこ》さん、みんな軒なみインタビュー受けとる」

「――」

「宮ちゃんなンて得意になって西瓜《すいか》でニングルつかまえる方法までしゃべったらしいぞ」

「西瓜でニングルを!?」

「そうだ」

「何それ一体！」

「ガキの時分によくやったンだわ。宮ちゃんのとオラのは違うかもしらんけど、オラのは西瓜に穴あけて夜外へ出しとくの」

「――」

「そうするとニングル穴から入って中で西瓜の実どんどん喰うンだ？、」

「――それで！」

「西瓜って殆んど水分だべさ」

「ああ」

「ニングル先のことあんまり考えんから旨いとどんどん際限なく喰うゝだ？、それで水腹、こんなにふくらむべ。入った穴から出れんようになるの」

「――」

「それをつかまえる」

啞然としていた。

「つかまえてどうする」

「つかまえるだけだわ。つかまえてちょっくらからかってやったりして」

「――」

「服脱がすとキチンとチンポコもあるもナ。女のニングルも――。女だっちゅうぞ？」

「――」

「オラそこまでは――やらんかったけど」

「――」

「性格的に、オラ出来んから」

「――」

「ウン」

「――」

「したっけ、ま、そういう昔話まで得意になって皆したらしいゝだ？、じっちゃんなゝて佐藤さん帰りしなに、オラとこ三分は放送に出るべな、なゝてヨダレすすりながら云ったっちゅうゝだから」

　呆然としていた。

「お前ゝとこにも行ったのか」

「来た。けどきっぱり、取材拒否した」

「――」

「オラいつか何かで先生が云ったことを、アレは仲々だと感銘しとったから」

「オレが何云った」

「云ったべ。たとえば文に書くちゅうことは、その文で百万人を感動させられても、たった一人を傷つけることになるなら、書いてはいかん。それは物書きのしちゃいかんことだ」

「――」

「先生も時々良いこと云うもゝだって、オラ感銘して日記につけたもナ」

「――」

「覚えておらん？」

「――イヤ」

「忘れとったゝだべ」

「イヤそんなことはない。それは常々オレの信条で」

「忘れとるなと思っとったゝだオラ。だって先生オラのこといつもバカだの阿保だの云いたいように書いて読む人方《がた》を笑わしとるっしょう。その時オラが深夜ひそかに、一人でどんなに傷ついているか。アア先生あの言葉忘れとるなって、ひそかに心に思っとったゾ？、云うと傷つくから云わんかったけど」

「――」

「丁度同じことを考えたッだオラ」

「――」

「ニングルのことを世の中に報《し》らせたい。佐藤さんの気持はオラよう判る。マスコミ人だら当然だと思う。けど、だわ」

「――」

「ニングルの身になったらどんなもッなッだろうか」

「――」

「今まで静かに平穏に暮してたもッが急にマスコミにとり上げられてだ、見たい云う奴が押しかけてきたら、ニングルにとっては迷惑なッでないか？」

「――」

「世の中には先生、いろんな奴がおるゾ？」

「――」

「エリマキトカゲだってマスコミにのらなかったら奥地で平和に暮せてたわけだべ？　それがいったんブームになったおかげで、ヤレ二十疋《びき》つかまえて送れ。動物園に三十疋送れ。エリマキトカゲは迷惑なッでないかい？」

「――」

「エリマキトカゲの気持にもなってみれ？」

「――」

「ニングルの場合も同じではないかい？」

「――」

反論できず、僕は黙っていた。

先達て井上のじっちゃんと山おじに僕自身の「ニングル」の連載について、止《や》められんかと云われたばかりである。

ドキリとはしたがタカもくくっていた。

たかが雑誌の連載である。

読者といっても数が知れている。百万、千万を対象とするテレビのような媒体ではない。それでも内心イヤな気はした。何故か判らぬが不吉な感じがした。それがもう現実となりかけている。

テレビがニングルを追いかけ出している。


佐藤氏と漸く連絡のとれたのはその日の夜中、十一時を廻っていた。

「お帰んなさい。電話もらったそうで。カナダはどうでした」

「まァまァだった。それより一寸逢いたいッだ」

「実は僕の方も話があるッです。今丁度森から帰ったところで。二日ばかり森に泊ってたもッだから。そちらがよかったら町ででも飲みますか?」

「炉ばた」ののれんをくぐって入るとカウンターのすみっこに佐藤氏はもういた。彼はもう早くも飲み始めていた。山ごもりで疲れている筈であるのに、全身精気をみなぎらせていた。

「ニングルのドキュメントを撮ってるンだって？」

僕が切り出すとキラリと笑った。

「早いな」

「そりゃ早いさ。富良野でやってることはすぐに伝わる」

困ったように佐藤氏は笑った。

「別に留守中を狙ったわけじゃないンです。只何となくそういうタイミングになっちゃって」

「マジにニングルを追っかけてるのかい」

「はい」

「――――」

「放送日も枠ももらとりました」

「放送日も、枠も!?」

「ええ。予定ではこの五月の二日。全国放送ではありませんが北海道ローカル〝ホッカイドウ7：30〟の時間に三十分番組として放送します」

放送時間まで決ってしまっている。

僕は内心いささかあわてた。

「それは一体どういう内容の番組？」

「――――」

「ニングルのドキュメントって簡単に云ったってニングルに直接取材するわけじゃないだろう」

「――」

「つまりそうすると僕が雑誌に連載してるように富良野にまつわるニングル伝説、――伝説っていうか実話っていうか、――それらの証人を取材して歩いてニングルを浮き彫りしようってわけなのかい」

「――」

「要するに僕の雑誌の連載。あれがヒントになってるわけだね」

「――」

佐藤氏はしばらく黙って飲んでいた。

頭の中で彼は懸命に言葉を選ぼうと考えている風だった。

「ヒントになった、それは事実です」

「すると」

「一寸待って下さい」

「――」

「ヒントといえばヒントといえる。だけど先生の連載を読んで番組にしようといきなり思ったわけじゃないッです」

「――」

「あの連載は愉しく読んでるけど、僕はフィクションだと思っていたから、あれは創作だと思ってましたから。失礼」

佐藤氏は一寸頭を下げた。

「フィクションはドキュメントになり得ないでしょう？」

「――」

湯のみの酒を何となくいじっていた。

「番組ってのはじゃあ、ドキュメントではないわけだね」

「いや、ドキュメントです」

「だってフィクションだと思っていると」

「最初は思ってたということです。ある日そうじゃないと判ったわけです。先生が本当のことを書いてると知ったンです。そういう事件が起きたわけです。これにはショックを受け興奮しました。殆んどその晩は眠れませんでした」

「一寸」

「翌朝起きて企画書を書きました。強引に通して制作を始めました」

「一寸待って、何だい一体その事件とは」

「ニングルを撮影しちまってたンです」

「エ!?」

「VTRに写してたンです」

「――!!」

「写してたというか。――写ってたンです」

「――」

「写してた時は気づかなかったンです。ところが後で編集室で見てる時、これは何だってことになったンです。」

「――」

「ドロ亀サンの例のドキュメント。この冬演習林の奥に入って厳冬期の森を撮影したVTRに、問題の一齣《こま》が含まれていたンです」

「――」

「明らかにニングルが歩いてるンです」

「――」

一切の音が消滅していた。

佐藤氏の顔が、毛穴まで見えていた。

煙草を咬《くわ》えたが、手が震えていた。

「ニングルを――撮影した」

「ハイ」

佐藤氏がライターで火をすってくれた。

その手が僕と同じように震えていた。

「そのVTRは」

「あります」

「どこに」

「札幌のNHKの。僕のロッカーに」

「――」

「――」

「それを、番組に使うわけか？」

「勿論使います。そのVTRが偶然あったから、この番組を創る気になったンです」

「――」

「ニングルの歩くのは、ほんの四秒程。トドマツの根方の影の中を移動してます。それも夜間の月明りの中で鮮明度から云ったら問題はあります。でも明らかにニングルとは判ります。二本足で歩いてます。小さな人間が」

　佐藤氏はいつか声をひそめていた。

「そのＶ《ヴィ》（ＶＴＲテープ）はもう何人かに見せたのか」

「いやまだ見せてません、秘密にしてます」

「――」

「知ってるのはカメラマンと音声さんだけです」

「――」

「今から人に見せて騒ぎになると番組をつぶされる恐れがあります」

「何故」

「過去の例を先生、考えてもみて下さい。ＵＦＯを写した。幽霊を撮った。そういうのは全部インチキ扱いです。テレビでそういう超科学現象を放送すると決って云われるのはいつも同じです。いたずらに人心を攪乱するな、そんなものが存在するわけがないじゃないか。そう云われることをテレビ局というものは何よりも一番恐れます。だから今から公にしたら番組が潰されるのは目に見えてます。従ってゲリラで出すよりありません。僕は実はニングルのこの企画自体、ドキュメントとは銘打っていません。〝伝説を探る、一種のメルヘン〟と、企画書にはそのように書いて出しました」

「見せてくれるか？」

「そのVですか」

「札幌まで行く。それを見せてくれ！」


ネコヤナギが一斉に芽を吹いている。

札幌は既に完全な春だった。

小さな喫茶店の隅のテーブルで僕は佐藤氏とコーヒーを飲んでいた。

既に二杯目のコーヒーだった。

灰皿が煙草の山になっていた。

もう三十分、沈黙がつづいている。

佐藤氏は眉間にしわを寄せている。彼のショックがありありと読めた。

ショックを受けるのは当然だった。

例の画像の放映を止めて欲しい。

一時間前に僕は云ったのだ。


その日昼すぎ札幌について、例のテープをすぐ見せてもらった。

編集室の小さな空間。

佐藤氏と二人だけでそのVを見た。

そうして初めて僕はこの世に、ニングルが存在し歩くのを見たのだ。

カメラは厳寒の森の奥深く凍結して眠る原生林の姿を、月光の中にじっと見据えていた。

画面左手のトドマツの枝から、突然音もなく雪が少し落ちた。

静なる森の中のかすかなる動。

カメラマンは恐らくその落雪を、もう一度ないかと期待したのではあるまいか。

じっと待っている。

その現象は期待通り再発した。

さっきの落雪が前触れだったのか、前のものよりはるかに大規模にトドマツの枝から雪が雪崩れ落ちた。ＶＴＲが突然止った。

「？」

判りましたか、と佐藤氏がささやいた。

「いや」

佐藤氏はもう一度テープを戻した。

「二度目に雪が落ちるその瞬間です。左手の木ではなく右手のトドマツの根本の影の所を注意してて下さい」

モニターに画像が再び写された。

二度目の落雪が起ろうとする、その時。右手のトドの根から何かが動いた。一瞬佐藤氏は画像をストップした。止った画像は汚れた画となった。しかしその画の陰と陽の境、影から月光へ変る部分に、小さな人間が明らかに写っていた。下半身は殆んど影の中に溶けている。しかし胸から上の部分はほぼ完ぺきに月光の下にある。

カメラに気づいていない。

右から左へつっ切って歩いている。

横顔。耳から下はぼうぼうたるひげである。

ちょこんとのせている毛糸様の帽子。

何かをかついでいる。かなりの量である。わら屑か、それとも狐の抜け毛か。

「枝から落ちる雪に気を取られてたッです。何とかそれを撮影したかった。だからニングルが歩いていたことを、その時カメラマンは気がつかなかったッです」

高橋真梨子の歌が流れている。

昼休みをすぎた午後の喫茶店は、もう僕らだけ、他に客はいない。

佐藤氏が突然もぞりと動いた。

「ニングルの画像の放映を中止しろ。それはニングルという番組自体を放送するなと云ってるッじゃないですね」

「勿論ちがうよ、さっきも云っただろう？　番組を止めろなッてそんな事云えない。只要するにあの何秒間、ニングルの写ってるあのカットだけは使わないでくれと頼んでいるッだ」

佐藤氏は又黙った。

煙草を咬える。

「それはつまり――事実を云うことになるから」

「まァそうだ」

「つまり先生の意見によれば――証言はかまわない。事実はいけない」

「――」

「しかし証言を集めるっていうことは事実に向って進むってことじゃないのかな」

「――」

「事実を明かしてどうしてまずいンです」

「だから」

「いや仰有ることはさっき聞きました。あの画を放送すれば決定的になる。ニングルの存在が大ニュースになる。その時ニングルがそれを喜ぶか。或いは彼らは怒るンじゃないか。喜ぶか怒るかそういうことより、結局不幸になってしまうンじゃないか」

「あの画を佐藤さんが放送したいっていう、その気持の根源は何なンだろうか」

善良なる佐藤氏を傷つけまいと願って、僕は精一杯言葉を選んだ。

「世間の人には知る権利があるからマスコミ人には知らせる義務がある、結局そういうことなンだろうか」

「――」

「しかし――」

「――」

「俺にはよく判らないけど、――知る権利ってのは本当にあるのかい？」

「――」

「憲法ン中に書かれているのかい？」

「――」

「いや、俺は知らないから聞いてるンだよ。只、もしかりにそういう権利が本当に公式に認められてるなら、悪用された時それは恐いな」

「――」

「何でも知る権利。——恐くないかい？」

「——」

「個人の事情、家庭の秘密、かくしたい病気、心の中味——誰でも土足でふみこまれることになる」

「——」

「現にもうマスコミでは始まっているけどね」

「——」

「佐藤さんがそういう単純明快な知らせる義務で動いてるとは思わない。しかしだとしたら何なンだろうか」

「——」

「一大発見を世間に発表して、アッと云わせて手柄をたてたい。——そういうことでもないと思うンだ」

「——」

「だとすると何だ」

「——」

「知っちまったことを人に云いたい。教えたい、しゃべりたい、人に話したい。誰にでもあるそういう欲望か」

「じゃあ先生は何故書いてるンです」

「——」

「ニングルのことを何故書いてるンです」

「――」

「そっとしといた方がいいって思うなら何故連載を中止しないゝです」

「中止しようかと実は悩んだよ」

「――」

「間接的に警告されたからね」

「警告？」

彼の目がキラキラ僕を見ていた。

「誰に」

「ある人たちに」

「ニングルにですか」

「いや、ニングルにじゃない。ニングルに近いある人たちにだ」

「どういう風に警告されたゝです」

「連載を中止できないかってさ」

「何故」

「今佐藤さんに云ったのと同じ理由だよ」

「――」

「彼らが不幸になるからっていう理由さ」

「――」

「それで本気で考えたゝだよ。このまま連載を止めちまおうかってね」

「――」

「只ね、――この先は一寸詭弁にきこえるかもしれないけど、――考えたンだよねその時色々」

「――」

「一体俺はどういう理由でニングルなンてものを書き出したンだろう。大体俺はニングルの存在をいつ頃からかたく信じだしたンだろう」

「――」

「一寸前なンだね連載を始める。それまでは何年も漠然と夢のように、寓話のように只思っていた。ところがその年どういうわけか、リアルな噂がどんどん入り出した。それも単なる噂とはちがう。ある事に関連してニングルの話が、どういうわけか次々と入るンだ」

「――」

「ある事――。つまり森林のことだよ」

「――」

「森林と、――それから水のことだよ」

「――」

「森林の破壊、水の問題、それが地球の危機につながるっていう、そういう論議はなされているけどね、実際富良野の田舎に住んでて、特に去年から塾を開いて牧草地を作ったり畑を作ったりそれに水源から水を引いたり、突然その水が涸れてしまったり、そうするとその上《かみ》に新たな開発で大規模な森林の皆伐があったり、つまり、肌身で森の問題を生活に直接受けるようになって、どういうわけかその都度どこかからニングルの話が忍びこんでくる。必ずという程からんで出てくる。だからニングルがやたら気になった。それでニングルを書く気になった。

だけどね。

恐らく書き出した当初はまだ頭がはっきり整理されてなかった。只ニングルは本当にいるッだぞ。信じないだろうけど本当にいるッだぞ、そう叫ぶことでいっぱいだったッだね。だから書くことでニングルがどうなるとか、ニングルにとって書くことはいいのかとか、そういうことを考えてなかった。

これが一人の人間を書くなら、そいつが果して書かれてどう思うか、最初にそれを考える筈なッだけどね。

ニングルに関しては考えていなかった。

今にして思うと要するに俺は、ニングルを人とは思ってなかったッだね。動物の一種と頭のどこかで、極めて傲慢に定義してたッだね、だから普通なら考える筈の、相手の立場を考えてもみなかった。要するに愛情がなかったッだね。物書きとして全く恥かしい話さ」

「――――」

「そこでふり返って考えてみたッだ。

にも拘らずニングルを書き出した。

あの頃何故かニングルにとり憑かれた。何かというとニングルが顔を出した。あれは一体何だったッだろう。

急に最近判ってきたッだね。

あれはニングルが、――というか、もしかしたら神様が、俺にニングルの主張するところを、書けと命令してきたッだと思うんだ。

森の大切さ。それが地球を、どれだけ必死に守ってきているか。

人間がそれを忘れ切ってしまって、金の為私欲の為、単なる目先の豊かさの為にどんどんどんどん森を消してゆく、その愚かさを訴えなさいと、神様が命じてきたゝだと思うゝだ。だから何となく書き出しちゃったゝだ。

そういう風に思えてきたゝだね」

「――」

「だからね佐藤さん。俺は今一寸ちがってきたゝだよ」

「――」

「ニングルというものがいるかいないか。そういう次元とは一寸ちがうゝだよ」

「――」

「信じないものは信じないでいいゝだよ」

「――」

「存在をみんなに認めさせることが俺の目的ではなくなってるゝだよ」

「――」

「俺の目的は彼らの主張、森に関すること水に関すること、人間の欲望に歯止めをかけること、それらを世間に訴えることだよ」

「――」

「彼らの一生は二百五十年だ。俺たち、人間の古老に対しては謙虚に話をきこうとするじゃないか。人間はたかだか百年足らずだぜ。彼らは倍以上生きられるゝだぜ。

山の奥深く生活していて文明を避けて生きてるみたいだけど、それ自体一つの哲学なゝじゃないのか？」

その小屋は半分まだ雪の中にあった。

山裾をずって来たかなりの積雪が山側のガラス戸に押し寄せている。

老節布《ろうせっぷ》の集落から凡《およ》そ七キロ。演習林の奥深くに立つこわれかかったこの元飯場には電気は無論のこと通っていない。

ドラムカンをたて割りにした荒っぽいストーブ。薪がその中で音をたててはぜる。

昔林内夫が持ちこんだものだろうか、握りこぶしが親指を立てた奇妙な鉄製の灰皿が一つ。

その小屋の中に僕ら四人はいた。

井上のじっちゃん、チャバ、佐藤氏、それに僕。

僕らはニングルのチュチュを待っていた。

ここで逢う約束はじっちゃんがとりつけた。しかしもう四時間待たされている。

既に夜中の十一時。ランプの灯の下でじっちゃんはいびきを立てている。

あれから――。

佐藤氏を漸く説得した。

あの映像を放棄することを、佐藤氏はやっと納得してくれた。代りに。ニングルの主張するところ、森林の危機と人間への批判。それらを取材だけさしてくれと云い張った。カメラや録音機は一切持ちこまない。自分一人行く。

あの映像を放棄するにしても、五月二日に番組は出るのだ。

チャバを説得し、じっちゃんを云いくるめ漸くニングルとの約束をとりつけた。そうしてこの時間小屋で待っている。

音一つしない深夜の森の中。

じっちゃんのいびきが突然止り、

「ハックショイ!!」

割れるようなくしゃみを放った。

「じっちゃん、じっちゃんどうなっとるッさ」

チャバがじっちゃんを乱暴にゆすった。

「もう四時間もたっとるッだぜ。一体どういう約束をしたッだ」

眠そうに目をこすりじっちゃんは身を上げた。

「あいつら時計を持とうとせんからな」

「したっけ、何時って約束したのさ」

「二の沢のふちに、ヤチブキが咲いた時」

「――――」

「今朝ヤチブキが咲いとったッだわ」

「――――」

じっちゃんは又ころび、いびきを立て始めた。

SCENE Ⅶ

「尋常三年か四年のころですよ。

私今六十八になったから――何年？　大正の十五年位かな。

西布礼別《にしふれべつ》にそのころ住んどってね、今の北谷さんの本家の裏の方、――小さな橋渡って八幡丘に上る道、あすこに妙見様の祠《ほこら》があったの。その一寸手前ですよ。学校帰りに三、四人で歩いとって、私は一番後にいたンだわ。一緒にいた人？　一人は萱原の静子さんて、山部の方に嫁に行った人、もう一人は何て云ったっけかな、――伊藤昇さんとこに嫁いだ人だ？、
誰かが急にキャッて云ってさ。

だってその小人とすれちがったンだもの。

十五センチ位の。白いヒゲ生やした。

服？――白かったですよ。何か、はかまのような。それで、そう、下駄はいてた。それははっきり覚えとります。とにかくキャッてみんなで逃げてさ、ふり返った時はもういなかったの。

　うちに帰って報告したンだけど、誰も信じてくれなくってさ。こっちがほんのまだ子供だったから」


（芦別市熊の沢在住吉田キクさん談）


五月二日、NHK北海道ローカル番組「ホッカイドウ7：30」で問題の番組は放映された。

プロデューサー佐藤氏は約束を守って例のシーンは使わないでくれた。

しかしいくつかの情報が僕や佐藤氏のもとに寄せられた。

ニングルを見たという中富良野の林氏。

父親が昔、山でニングルを踏んづけかけ、帰って興奮してしゃべったのをたしかにきいたという天塩《てしお》の青年。

内地で見たという松戸の主婦の方。

中でも前述の吉田さんの話は、僕らの塾地のすぐそばの出来事で、極めて具体的表現をされており、殊に白ばかま、下駄ばきという描写は、ともすると北欧の小人伝説に見るノーム（GNOME）の姿を空想していた僕に意外なリアリティを与えてくれたのだ。


夏を想わせる幾日かの暑い日。

突然訪れる冷えのぶり返し。

それらが交互にやってくる中で、コブシが花を咲かせ、遅い桜がパッと咲いて散った。

コブシの花が上を向いて咲く年は日照り。うつむいて咲く年は雨。横向き——一説にはあっちこっち向いて咲く年は風の年だと地元の人は云う。

とすると今年は風の年であろうか。

井上のじっちゃんがふらりと来たのは五月の中旬。開きかけたさつきの鉢を持っていた。

「イヤイヤとんだことだ？　テレビに出たなッてワシ初めてだ？」

「仲々いい顔に写っとったゾ」

「あんなもンかい、ワシの顔。ヒヒ」

じっちゃんはＮＨＫの「ニングル」の画面に証言者として登場していたのだ。

あの夜。

老節布《ろうせっぷ》の古い飯場に、ニングルは結局やって来なかった。

それでも我々は深夜の二時すぎまで、すさまじいじっちゃんのいびきをききながらチャバと佐藤氏とじっと待ったのだ。

ストーブにバチバチと火がはぜていた。

ワンカップ大関を飲んでいた佐藤氏も、そのうちに横になりいびきをたて始めた。

チャバと僕だけがしっかり起きていた。

「不思議なもんだよね」

ポツンとチャバが云った。

「何が」

チャバはじいっと火を見つめている。

「ニングルの噂が今立つのがさ」

「――――」

ストーブの火口へ薪をつっこんで、パイプにチャバは莨《たばこ》をつめ出した。

「噂が立つっちゅうか、出てくるっちゅうか」

「――――」

「ニングルなんて言葉何年もの間、ずうっと聞かれんで来たわけでしょう」

「――――」

「だから町場の若いもんにきいても、そんな言葉初めてきくっていうんだわ」

「――――」

「ところがさ」

「――」

「昭和二十年の後半頃から、三十年の終り近くまで山の方じゃたしかに噂がよくあった。あの頃オラ麓郷に住んどったからそういう噂あちこちで聞いた」

「――」

「ところがその前はさ、又ないンだわ」

「その前？」

「二十年前のさ。あの頃急に出た噂だっちゅうわけ」

「――」

「で、オラ何人かに当ってみたンだわ。古い人方《がた》に。つまりその前は噂立ったことなかったかって」

「――」

「そしたらそういうことあったっちゅうンだわ」

「ほう」

「たしかな年は覚えとらんけど、大正の初めか明治の終りか、そのころずい分と騒いだっちゅうンだわ」

「――」

「それでオラ一寸ピンと来てさ、色んな人ンとこ調べて歩いて――、結論ちゅうか、一つ判ったことあるンだ？」

「どういうことが」

「ニングルの噂の立つ時期っちゅうのには共通点が何となくあるッだ」

「共通点？」

「そう」

「どういう」

「森が粗末に扱われる時さ」

ストーブで薪がバチンとはぜた。

「粗末っちゅうか、とにかく何でも開発開発って叫ぶ奴いてさ、森がどんどん伐られ始めると必ずニングルの噂が立ってる」

「――」

「明治の終りがそうだっていうッだ？」

「――」

「開拓者入って畑作るッでどんどん原生林伐り開いた時だべ？　それからずうっと来て戦後開拓。ピエベツ一帯の例の皆伐。そうして今回、この二、三年」

この二、三年――。

この二、三年に何が起ったか。

この連載の第一回目に、僕は少しだけ触れたことがある。

森林の危機が叫ばれて久しい。

しかし一方開発という名の、自然破壊は黙々と進んでいる。

しかも開発は手作業でなく、今や大型の機械の時代である。

斧や鋸で一本々々森を拓《ひら》いていた時代に代ってブルドーザーは雑木を押し倒しチェーン

ソウは唸り、倒された巨木は機械が排除してアッという間に山林は平地になる。

森の時間と人間の時間。

森の時間はそのままなのに、人間の速度は極端に変った。何百年かけて創られた森が、ものの半月で無に帰してしまう。そして。

考えてもみるがいい。

一本数千円の斧に代って、一台数千万の機械を入れれば、機械をそれだけ働かせたくなるのが人情だ。第一元をとらねばならない。

ここに、農地開発事業という明らかな国家的自然破壊がある。

農業が大型機械化された現在、大型農機具が作業し易い様に畑地を拡大造成する事業である。

北海道の場合これには国営、道営、団体の三種の事業形態があるが、たとえば国営の場合国家の資金補助が80％、道の補助が10％、受益者はわずか10％の出資でこと足りる。道営の場合で国家補助70％、道の補助15％、こうして近年拓かれた山林は、布礼別麓郷地域だけでもこの六年で四十七町歩に及んでいる。

しかも現在申請中の国営ベベルイ地区開発事業では実に三百八十七町歩の山林が、その対象として申請されている。

森が伐られるばかりではない。

山まで崩され平地になるのである。

そんな光景はそこここに見られる。

森が伐り払われ山が崩された時、水は暴れ出す。地下水は涸れる。

これらは食糧確保の為だという。

しかし、現実にここらの作物は、都市の流通の制御に従って何十%も捨てられてしまうのだ。

収穫の終った人参畑に累々と放置された食える人参を一度いらして見てみるといい。少し小さいもの、青首といわれるもの。ねじれてしまったもの、二股のもの、しかし明らかに食える人参が、流通に拒否され見捨てられているのだ。いや、流通にではない、諸君、君らにだ！

そうして食糧が危機だと云われ、畑地確保の為森が伐られる。

誰が一体得をするのか。

農家か？

それよりも恐らく土木業者であろう。

そうして一番ワリを食ったもの。いや、とりあえずワリを食うもの。

それがニングル。森の住人だ。

しかし彼らに何が云えようか。

只うろうろと人目につき始め、好奇の噂の的になるのみなのだ。


「おかげであの晩風邪ひいちまった」

井上のじっちゃんがニタリと云った。

「先生は大丈夫か」

「ねなかったからな」

「若い証拠だ」

「もう若かない」

「なッも。ワシからみたらばほんのまだ若い」

「あれからどうした」

「何が」

「ニングルだ」

「ああチュチュの奴か」

「どうしてあの晩来なかったッだ」

「その事じゃえらい怒られた」

「誰に」

「チュチュに」

「逢ったのか」

「逢った。前の晩ずっと待っとったらしい」

「前の晩？」

「中の沢に初めてヤチブキが咲いた晩、そういう約束をしとったッだ奴と」

「――」

「ワシはあの日に初めて見っけたのに、奴は前の日に咲いとったっちゅう」

「大体そんな約束が無茶苦茶だ。ヤチブキが初めて咲くって云ったって、そんなの人の目だ、見逃すことがある」

「イヤワシそうは思っとらん？」

「思っとらんて」

「奴がウソついとる」

「そのチュチュってニングルが？」

「こずるいとこがある。時々ウソつくゝだ？」

「────」

「大方飲みすぎて約束忘れたゝだわ」

「そのニングルにそう云ったのか」

「いやそう云ったらけんかになるから、まァ表向きは詫びてみせてやった。人間、齢《とし》とった生活のチエだな？」

「それでどうした」

「ところがあの野郎嵩《かさ》にかかって怒鳴りまくるゝだわ、先生に悪いって」

「オレに？」

「うン、先生一晩あすこで待たすなゝて、お前が悪いってえらい権幕だ」

「ふうん」

「そんな失礼なことオラはせんのに、お前が悪いンじゃヤチブキ見逃して！──フフ、なあにここいらが奴のずるささ」

「どうして」

「先生に失礼だなゝてそんなこと思っとらん。問題はあの娘だ？　あのユミさんだ？　先生の機嫌そこねちまったらあのお嬢さんに紹介してもらえん。それが困るからあわてたゝだあのバカ」

「――」

「あんまりいつまでもそう云ってわめくから、ワシ云ってやった。ならもう止めるべ。仲介するの止《よ》す」

「どうした」

「あわてやがった。ヒヒ。ワシ、ツンとして歩いてきちゃった。そしたら追《ぼ》ってくるの。悪かった、悪かったって」

「――」

「知らんぷりしてワシどんどん歩いた。そしたら野郎、又怒鳴り出して。しばらく怒鳴って又謝るンだ？、そいで又怒鳴るンだ？、そいで又謝って。フフ」

「――」

「ビニールハウスの中まで追《ぼ》って来て、急にバタンて倒れやがった。あれにゃたまげたな」

「どうしたンだ」

「知らん？、暑すぎたンでないべか」

「――」

「しばらくして気づいて、それから泣き出した？、」

「泣き出した？」

「ニングルの泣くのワシ初めて見たもナ」

「どういう泣き方さ」

「なンちゅうンだありゃあ、ゴーイ、ゴーイって。そんでお嬢さんにとにかく逢わしてくれ。さもないとオラ死ぬ」

「死ぬっていうのか！」

「云うッだあのバカ。それでどうだべか、先生さえよかったら一度ユミさんに」

「そりゃあいいけど、いないぜ富良野には」

「おらん⁉」

「東京に帰ったよ」

「どうして！」

「どうしてってだって、大学始まったし」

「――――」

「夏休みには又来ると思うけど」


「拝啓倉本先生様」

一通の部厚い封書が舞いこんだのは、五月十三日の午後のことである。あの放送から十日程経っていた。

「NHK放送のニングル番組拝見しました。それ以前に先生様の〝諸君！〟連載『ニングル』毎回欠かさず読んでおります。

実は私こと、あの連載に出て参ります丸太才三の父親喜一です」

僕は思わず封筒を裏返した。

名前も住所も書いてなかった。

「先生様の連載の中に、才三のことが書かれ出して以来、何度か私は筆をとりかけました。

才三はたしかに私の三男で昭和四十年十月三日、原始ヶ原に向う七滝の奥で、ニレの木に縄をくくり縊死して果てました。

世間ではあの頃様々な風評が勝手気ままになされておったようです。曰く神経衰弱であった。曰く長男公作に殴られた。どれもが少し当っており、どれもが真実を外れておりました。

あれはピエベツの森の皆伐の直後、先生の文章にあった通り、森の皆伐に才三が反対し、自然保護団体に訴えたことで村民全てから吊し上げをくい私共一家が村八分に近いなさけない立場になってからでした。

皆伐の影響が現われ出したのはすぐその翌年あたりからでした。

影響というのは水のことです。

それまで一帯をうるおしていたピエベツ沢が暴れ出したのです。

春、雪どけの季節になると沢は今まで見たこともないような激しい濁流で流れ出しました。水量が突然ふくれ上がった為、濁流はそれまでの沢におさまらず、畑地をけずり、土砂をえぐって新しい水路を次々に作りました。

御存知のようにあすこらは客土です。

石六十四の石を排除し、火山灰地の悪土の上に他所から良い土を少しずつ運んで辛うじて作物を育てておったのです。その土がどんどん流されて行きました。

村では沢のあばれるのを防ぐ為、役場にも申請して必死の思いで金を出し合い護岸工事をして、一本の水路を確保しました。

すると今度は流れが涸れました。

夏、それ程の旱魃《かんばつ》でもないのに沢の流れがチョロチョロになりました。

その時才三がこう申しました。

ピエベツ沢はベツの字がついてる。××ナイとナイのつく川は殆んどあばれることのない川だが、ベツとつくのはあばれる川だ。あばれたい川を護岸で固めるのは、あばれたい子供を縛るようなものだ。元々無理がある。ろくなことはない。

長男の公作がそれをきいて云いました。

「偉そうなことを云うな。誰にきいた話だ」

すると才三がボソリと云ったのです。

「ニングルだ」

その時期我が家ではニングルという言葉は一種禁句になっておりました。何故なら才三がニングルのことをピエベツ新聞にあれこれ書いたからなさけない村八分になっていたのです。

当時の村八分の惨めな状態を先生様は想像できますか。

村の人々は口をきいてくれず、一寸した機械や助けも借りられず、雑貨屋は食品すら売ってくれぬから、私共は二十キロの道を富良野の町まで買い出しに行くのです。家内などその帰り、とっぷり暮れた八幡丘の森で羆《ひぐま》に襲われ、買ってきた食糧全て奪われて、目を泣きはらして帰ったこともありました。

全ては才三が元をつくりました。

子供ですから庇《かば》いはするものの、わが家はその頃冷えきっておりました。

そこへ又才三がニングルと云ったのです。

公作の目の色が変ったのが判りました。

公作が立とうとするより早く、私は才三を殴りつけていました。耳を抑えて才三は倒れました。

才三は何にも云いませんでしたが、その時以来才三の左耳は段々聞こえなくなっていったようです。

そんな事件がその頃ありました。

ピエベツ沢の護岸工事以来、明らかに畑地に変化が起りました。

春先のどろどろ、夏のひび割れ。地べたの下で水の動きがはっきり何か変り出したのです。そうして四十年の旱魃が来ました。

ピエベツ一帯の農家の井戸が、殆んどきれいに涸れてしまいました。

水がなければ生きて行けません。

各農家は新しく井戸を掘るべく、旭川から井戸屋を呼んで高い金を出して掘削を始めました。掘り当てた家もあれば、仲々当らぬツキのない家もありました。

うちでも必死に金を工面して井戸屋に何とか来てもらいました。井戸屋は家の裏手のくぼみを、ここと当りをつけ掘り始めました。祈るような気持で我々は見ていました。出てくれ、出てくれ、神様、出してくれ。

才三がフラリと帰ってきたのは、作業が始まって四日目頃でした。

才三はその頃一人で森へ行き何日も帰らぬということがしょっ中でした。その日も才三は森から出てきました。

井戸掘りの作業を才三は見ていました。

井戸は——その時、既にもうかなり掘りすすんでいたと思います。

公作と私もそばで見ていました。

突然才三がポソリと云いました。

「いくら掘ってもこの場所は出んわ」

みんなが一せいに才三を見ました。

井戸屋の頭《かしら》がゆっくり腰をあげ、汚れた手拭いで顔をふきました。

「何か云ったか？」

頭が云いました。

「ここは出ませんよ」

才三が云いました。

頭の顔色が変るのが判りました。

「ほう。ならどこだと出るんかね」

「あっちの方でしょう」

才三が指しました。

「あっちのどこさ」

才三はふらりと一方へ歩き、しばらくその辺を眺めていましたが、急にゆっくり身をかがめると実に奇妙な行動に出たのです。

才三は地べたに耳をつけました。

聞こえる方の右の耳をです。

そうしてしばらくじっとしており、少し移動して又耳をつけます。そんな動作をくり返しました。それから、急に立ち、ひどく明るくこう云ったのです。

「ここだな」

あの時のあの才三の顔は今でもはっきり思い出せます。あんなにきれいに自信に充ちて、キラキラ光っている才三の目を、私は生れて初めて見たからです。

井戸屋の頭は才三を見ていました。

「地下水の流れを聞いたってわけかね」

抑えた声で頭が云いました。

「誰に教わったね。そんなやり方を」

すると才三は静かに云ったのです。

「ニングルにですよ」

みんな、ポカンと才三を見てました。

えらく長時間に感じられました。

頭が急に人夫たちをふり返り、

「止《や》めた。行くべ」

とそう云いました。

私は仰天して待ってくれと叫びました。公作も必死で頭の袖をつかまえました。待ってくれこいつは頭が変なんだ。機嫌直してくれ。どうか続けてくれ！　しかし頭はよほどのこと誇りを傷つけられたのでしょう。何と引き留めてももう口をきかず、人夫といっしょに帰ってしまいました。

その後の我が家の修羅場の様はとても書く気がおきません。

唯一すがるべき井戸屋の頭を才三は怒らせてしまったのです。それは私共が生きて行く上で何よりも大事な水の確保を、その道を絶たれたことを意味していました。荒れ狂った公作と私の鉄拳を才三は両手で頭をかかえたままひたすら無抵抗に受けていました。もしも家内が止めなかったら私共はこの手で直接才三を殴り殺していたかもしれません。

翌朝才三は消えていました。

才三は粗末な当時のザラ紙のピエベツ新聞の裏一面に私共への手紙を書いていました。

井戸屋を怒らせたことは本当に悪かった。

でもあの場所はいくら掘っても無駄だ。

自分は森の何人かのニングルと近頃親しくつき合っているが彼らから地下水の探し方を教わった。

彼らは森に何百年生きて水のことには精通している。

彼らはピエベツの森の皆伐があの一帯の地底深部の巨大な水がめに影響を与え、それがピエベツの畑地全般への水の供給に異変をもたらせたと異口同音に申し立てている。自分が新聞に訴えたのも、彼らのその主張を紹介したまでだ。

今ピエベツの地下の水がめは、調整弁をこわされてしまった。

ニングルたちはそのことを怒るより、今や無知なる人間の所業を哀れみと同情でじっと見ている。彼らが自分に地下水の見つけ方、井戸の掘り場所の発見のしかたを懇切丁寧に教えてくれたのも、その哀れみから発したものであろう。

もしも井戸屋の井戸が駄目だったら、どうか自分の指定した場所を、うそだと思って掘ってみて欲しい。

そうしてもしもそこから水が出たら、その時こそ彼らニングルの正しさを心底謙虚に認めてやって欲しい。

――そんな大意の手紙でありました。

私共はその手紙を破り捨てました。

そんなことより私共にとっては、井戸屋の機嫌をとり直すことの方が先決、切迫した仕事だったのです。

なけなしの貯金、家内の着物、あらゆる思いつく物品を動員して私共は井戸屋に日参いたしました。その結果漸く井戸屋の頭《かしら》は、人夫を二人だけ寄越してくれました。

彼らの作業を見て祈る日がつづきました。

その時掘った穴は四十五メートル。

結局水は出ませんでした。

丁度近くの丸山さんのうちに、辛うじて新しい井戸が当り、そこの娘である厚子さんの厚意で細々ともらい水ができることになりました。

十月十五日初雪が降りました。

営林署の事務所から連絡が来たのはその初雪のさなかでありました。

七滝の一番奥、赤岩の滝から一寸入ったニレの木の枝に、才三の遺体が下っているというのです。家内がまるで獣のように吠えて山に向って馳《か》け出しました。私も公作も走りました。

才三の遺体は既に下ろされ、うっすら雪をかぶっておりました。

駐在さんももう来ていました。消防の人方《がた》も来てくれていました。

才三は多分家を出たあの日、ここへ上がって死んだものと思われました。だから発見は十五日でも、命日は十月三日にしております。

誰かが新雪に点々と残った小さないくつもの足跡をさしました。

「ニングルだ。ずいぶん集ってきとったな」


才三の遺体を葬ってから、わが家はまるで死んだようでした。

あれは十一月に入ってからでしたか。

井戸屋の頭《かしら》が突然来ました。

頭はきっとそのころどこかで、才三の自殺を耳にしたのでしょう。それが自分と無関係でないことに多分気づいていたのだと思います。

頭は黙って家へ上がりこみ、才三の位牌に手を合わせました。それから頭は表へ出ると、待たせてあった二人の人夫と、いつか才三の指定したあの場所を何も云わずに掘り始めたのです。

四日目。

ぴたりと水に当りました。

十七メートル。すばらしい水でした。

誰もが口をきけませんでした。

涙が、ぼろぼろと吹き出してきました」


丸太氏の手紙はまだつづいていた。

SCENE Ⅷ

丸太喜一氏の手紙はつづいていた。

「才三の死後ピエベッツはどんどん変りました。

村共同で買ったブルドーザーが農地開拓に威力を発揮し、村の生産量は急増しました。

大型機械の極端なありがたみ。

農家は夫々《それぞれ》そのありがたみに気づき、生産高《だか》の急増に興奮し、共有物であるブルドーザーでは満足することが出来なくなって、個人で機械を仕入れるようになりました。

一軒がそうすると我も我もと、雪崩れのようにみな習いました。といっても夫々がそんな資金を持っている程豊かではありません。殆んど全員が借金でした。農協から金を借入して買うのです。

一つの機械のとりこになると、次の機械に目が移りました。

未開の土地に云うなれば初めて文明開化が訪れたのであります。

みなもう興奮し、有頂天でした。

借金のことなど気にもかけていない様子でした。

村のあちこちにエンジン音がひびき、新しい機械のセールスマンがカバンを下げてあぜ道を歩きました。

ピエベッツはすっかり活気づきました。

私はしかし我慢していました。

大型機械を購入するのをです。

才三の死後私は気弱になりました。

毎日のように来る機械のセールスに、私は首をふりつづけました。借金をしてまで大きく賭けることが、私にはどうしても出来なかったのです。
それに才三と、その兄英次、二人が夫々にかつて云ったこと。
『人は怪物になってはいけない。
ニングルはいつもそう云っている』
その言葉が頭につきまとっておりました。
私は機械を買わずに通しました。
周囲は私共を変人と云いました。

機械を買う代りに私は馬を、その当時二頭手に入れました。

殆んど夫々只のような値でした。

機械を入れた家がそれまで頼っていた馬を必要としなくなったからです。

オスが一頭、メスが一頭。夫々まだ若い道産子でした。

馬たちは実によく働いてくれました。

彼らはやがて仔馬を産みました。

あれはその年の冬のことでした。

機械を最後まで入れなかった私ですが、その頃足を痛風で痛めた家内に、足がなくてはどうしようもないと中古の車を初めて買いました。

長男の公作が免許をとりました。

当時公作には嫁の里子と、愛子、里美という二人の子がいました。愛子四歳、里美二歳でした。

その日家内が富良野の病院へ痛風の治療に行かなくてはならぬので、公作が朝から一家を引きつれて車で町へ下りておりました。

吹雪になったのは昼前からです。

雪と風とがそれは凄まじく、一間先も見えませんでした。それでも私はみんなが車なので殆んど心配していませんでした。

急に私が不安になったのは、日が暮れ、それでも公作の車が未だに帰ってこなかったからです。

車に関して私は無知でした。

車なら多少の吹雪の中でもライトをつければ走れると思ったし、第一どうしようもなくなったとしても車の中にはヒーターがあるから、止《と》めて吹雪の止《や》むのを待っとれば家にいるのと同じようなものだと、そんな風に安易に考えていたのです。

それでもその晩は寝ずに待ちました。

公作たちは結局帰らず、私は町にでも泊ったのだろうと明るく明るく考えようとしました。

家から一番近い丸山の定さんが、おたくの車が埋っていると知らせにかけつけてきてくれたのは、その翌日の昼すぎでした。

ベベルイ布礼別《ふれべつ》連絡道路から、一寸入ったピエベツ三線の、畑地の中の吹きだまりにつっこんで、車は屋根まで雪の中でした。

家内、公作以下全員死亡。

警察の調べでは凍死ではなく、排気ガスによる中毒死とのことでした。

家からわずか三キロの距離。

公作はしかし吹雪の中で、我が家の方角を見失ったようです。

私はとうとう一人になりました。

その通夜の席で私は初めて、丸山の定さんからある事をききました。

先年、才三が自殺する三日前、定さんの長女の厚子さんのところへ来て、何冊かのノートを渡したというのです。

ニングル・ノートと書かれていたそうです。

厚子さんはその時たしか二十歳。才三の死後まもなく紋別に嫁ぎました。

私は無性にそのノートが読みたく、どこに今あるのかと定さんにききました。

知らん、と定さんは首をふりました。


私がピエベツの土地を捨てたのは、その春雪が溶けてからです。

土地を去る前日、私は三頭の馬をつれて原始ヶ原の奥へ入りました。

あの奥にはいくつかの湿原があって、馬の喰う草木も豊富にある筈です。

木の根に腰かけて馬たちに云いました。

この奥で暮せ。里へはもう来るな。

一番なついていたオス馬が私を、私の肩を首でこすりました。

ふと見たら馬が、泣いておりました。

黙って涙を流しているのです。

信じられない思いでした。

胸がつまって、鼻汁がたれました。

オス馬は急に私からはなれ、森の奥へと消えて行きました。メス馬と仔馬がついて行きました。

そうして私はピエベツを去りました。


長い手紙を読んでいただき、時間をとらせてすみませんでした。

丸山厚子さんにはその後逢えました。

しかし彼女はニングル・ノートを、全て焼却しておりました」


手紙を置いて煙草を咬《くわ》えた。

ライターで火をつけ煙を吐いた。

一つの情景が僕に浮んでいた。

丸太喜一氏の放したという馬たち。

機械に追われ、突然解任され、無用となって捨てられた馬たちが原始ヶ原の原生林へ消える。

北海道開拓に尽した馬たち。

だが人々は文明に狂喜し、散々世話になった馬たちを捨てた。その殆んどは業者に売られ、馬肉になってさばかれたときく。わずかに丸太氏の放した三頭が、原始ヶ原から山々を越えキナの広場に定住し子を作り、キナの野生馬となったのであろうか。

僕の脳裏を一瞬まばゆく、森を走り抜ける野生馬のたてがみの、汗にぬれて光る幻影が走った。

僕がピエベツに一人で向ったのはその手紙を読んだ翌日のことだった。

ベベルイからピエベツの入口にかけては大型ブルドーザーが唸りをたてていた。

つい去年までその左手には小高いカラ松の林の丘があった。だが去年の秋カラ松は伐られた。坊主になったその丘の下部から、ブルドーザーが土を切り崩し、アッという間に平地にしてしまった。そこは今黒々とした平らな畑地である。そのすぐ奥をブルが又伐り拓《ひら》く。

ピエベツに入ると景色は一変した。

ここは荒野である。

かつて森林を皆伐して拓いたピエベツ一帯は今無人であり、自然が少しずつ回復しかけている。

機械に狂嬉し、競って買いまくり、借金して文明に溺れた人々は、ある年あまりの農作の為に作物の殆んどの引取りを拒まれた。そしてその翌年旱魃《かんばつ》に叩かれた。ダブルパンチをくらった人々が、借金をかかえて次々に消えた。

ピエベツには今、草むらの中に埋る朽ち果てた廃屋の名残りしかない。

いつか仲世古のヨシオさんに案内された、うろおぼえの草むらの道を進んだ。灌木がビシビシとジープを叩き、進めなくなって車を捨てた。

草は去年より更に繁っていた。

エゾライチョウが足元から飛んだ。

丸太氏のあの家は草の中にあった。

抜け落ちた屋根。

崩れた壁土。

その壁土に残された文字。

――あばよ、ニングル
　あんたらは正し――

「正し」の後は壁が崩れている。

家族を失い一人になった丸太喜一氏の文字なのであろうか。

風が轟と過ぎトタンが鳴った。

気をとり直して僕は裏へ出た。

裏も一面の草むらだった。

僕はその裏手にたしかこの前、小さな柾屋根の名残りが一つ、捨てられていたのを見たような気がしていた。

記憶をたどって草むらを進んだ。

十五メートルも歩いただろうか。

僕は朽ち果てた柾屋根の名残りが、草むらの中に横たわるのを見つけた。柾屋根や板きれが散乱していた。それらをバリバリとはいで歩いた。と。

草むらに石を敷いた一劃を発見した。

その隅に小さな石囲いがある。錆びたトタンが伏せられていた。一寸息を吸い、トタンをはいだ。つうんとカビくさい匂いと共にひやっとした空気が下から突き上げた。

井戸だった。

恐らくこれだろうと思った。

丸太才三氏がここだと断定し、死後に掘り当てた問題の井戸。

中をのぞくと意外に深かった。

周囲の壁からシダ類が生えている。

石ころを探し、中へ落した。

しばらく間があって、ポチャン、と音がした。その音は井戸の壁面に反響し、僕の脳髄にビーンと谺《こだま》した。

何とも云えない複雑な感情。

感動に似ていて少しちがうもの。しかしやっぱり感動に近いもの。それらが地底から僕に押し寄せ、僕は無言で立ちつくしていた。


六月。

全てが緑に包まれた。

富良野盆地に再び夏が来た。

だが。この夏少し山の様子にいつもとちがう変化が見られた。

熊笹が枯れていた。

それが目立った。

去年の旱魃が影響したのだ。とそのように説明する村人がいた。

笹は何十年に一度の割りで、全山花を咲かせそして枯れ果てる。これを熊笹の集団自殺だと誰かが云うのをきいたことがある。

密生しすぎた熊笹たちは、これ以上増えるとみんなが潰れる、種を保存するに危なくなると考え、子孫の為に全員花を咲かせそして一斉に滅びるのだという。枯れた翌年、その遺体を肥料に花が撒いた種は一斉に芽を吹く。

今年はその年に当るのであろうか。

しかし、それにしては熊笹の花を、去年の山に僕は見なかった。

熊笹を除けば全ては同じである。

山々は圧倒的緑に包まれ、カッコーが鳴いて種まきが始まった。

今年は頼まれた間伐の仕事があり、塾の男たちは山へ入って印をつけられたカラ松を整理した。山にはブヨが出始めており、男たちの顔はたちまちはれ上がった。

チャバから久しぶりに電話のかかったのは、そんな六月のある深夜だった。

「先生かい?」

「ああ先生だ」

「今一寸いいかい?」

「いいよ。飲んでるのか?」

「いや、飲んどらん。井上のじっちゃんも一緒なッだ?、」

「何やってッだこんな時間に」

「いやまァそれはこれから話すけど——先生、例のお嬢さん、ユミちゃん、夏休みやっぱりこっちに来ますか?」

「来るよ」

「いつ頃」

「七月の末かな。今年は大学の課外実習でこっちの施設で働くゝだ」

「成程ね」

「ユミちゃんがどうした」

「一寸待って下さい」

何かゴソゴソとしゃべる声がした。

井上のじっちゃんとしゃべっているらしい。

受話器の通話口を手でふさいだらしく、向うの会話はよくきこえない。

いきなりじっちゃんの太い声に代った。

「イヤイヤ夜遅く、すまゝこってした」

「いいよ別に。一体何事かね」

「先生と電話でどうしても一度、話しときたいっちゅうのがここにおってな」

「誰よ」

「チュチュだ」

「――」

思わずガバと身を起した。

「チュチュって――ニングルの!?」

「そうだ?」

「そこにいるの!?」

「おる?」、

「――!」

「緊張して坐っとる？　きちんと正座しとる。オ、赤くなった。ヒヒヒ、こらブツな。こら、こら。――ア、すまんです」

あわてて坐り直し、受話器を持ちかえた。

「いいよ、代ってくれ！　オレも是非話したい」

「その前に、一寸断っときたい」

「なに」

「こいつ、電話ってもンが今日初めてだ」

「成程」

「さっき馴《な》らす為仲世古のヨシオさんと電話で話さした。ま、あんたらの云う、リハーサルだな？」

「――」

「しゃべる方は何とかしゃべること出来た。ところが向うから声の来るのがどうにも恐くてたまらんらしい」

「――」

「相手がしゃべると逃げ出しちまうンだわ」

「成程」

「あれはヨシオさんだ、ヨシオさんの声だべって何度云ってもどうしても納得せん。それでヨシオさんが、まちがいなく自分だ。それが証拠におやじの名が善蔵で、麓郷木材がこうこうこうなってて、奥さんはこうこうで子供はこうこうで、自分だってことを証明する為にまァ十五分位もしゃべったンでないべか。そしたらその間この野郎怯えて、わしのポケットにもぐりこんできいとって。さァ判ったかヨシオさんだべって、そう云ったらこの野郎まだ信じんで、誰か知らんけどよう調べとる。イタイイタイこのガキ、何ひっかくのよ！」

どうやらチュチュがひっかいたものらしい。

「それでまァ、何とか少しだけ判ってきたらしいッだけど、それでもやっぱり相手の声が恐いちゅうッだ？　だから。多分この一方的に、こいつ話すだけ話すと思うからなるたけ合の手を入れんで欲しいッだ？」

「――」

「いいかい？」

「判った」

「それと。今夜こいつが先生と話したいのは、例のユミさんの問題だ？」

「うむ」

「つまりこいつに云わせると、恋をした場合のニングルのやり方と、人間社会のやり方との間にどうも開きがあるッでないか、と。それを知っとらんとえらいことになるッでないかと。そこらについて先生と一度」

じっちゃんの会話が突然途切れ、向うで何やらもめる声がした。チャバの声も一緒に何か云っている。

じっちゃんが再び電話に出て、云った。

「今代る」

震える手で煙草を口に咬えた。

ニングルと遂に対話するのである。

受話器を向うで移動しているのか、ゴトゴト云う音が一寸つづいた。

それからぴったり音が途絶えた。

静寂。

息をのみ、受話器をしっかり耳に、痛くなる程押しつけていた。

静寂は十秒、十五秒とつづいた。

と。

僕はその静寂の小さな片隅に、何か小さな息づかいのような、ハアハアというかすかな物音をきいた。

その音は少しずつはっきりときこえ出し、チュチュが受話器に必死に近づきつつ緊張しきっている息音だと判った。

「ハアハア」は次第に荒くなっていた。荒くなると同時にスピードもあげていた。時々ハアハアにピューというような空気の洩れる異常音が混った。

チュチュはまだ若い、八十歳である。

じっちゃんにいつか云われたことがかすめた。

チュチュの緊張が僕に伝わり、僕は思わずゴクンと唾をのんだ。すると受話器の向うからも唾をのむゴクリという音がきこえた。

荒い息づかいがピタリと止《や》んだ。

「チュチュッテ云ウナ、ボク」

第一声が電話を通して来た。

少しかん高く、うわずった声だった。

森の世界に引き込まれたような、異様な感動に僕は震えた。

「先生ノコトハ知ッテルナ僕。何度モ見テルナ。オクサンモ知ッテルナ。コンチャンモ知ッテルナ。冬、沢側ニエサ放ッチャッテ、テ、ン、ト、カキツネ、食ワシチャッテタナ。アレ、見テタナ。ダカラ、ヨク知ッテルナ」

そのまましばらくチュチュは黙った。

電話の向うでゴソゴソ声がした。

「オイ、ダマッテルゾ。先生イルノカ」

じっちゃんとチャバが同時にまくしたてている。

「いるいる！」

「おまえが相手の声きらうから合の手入れんようにたのんだッじゃないか！」

「もしもしって云ってみろ、先生返事する！」

急にチュチュの声がこっちにしゃべった。

「モシモシ」

「はい」

向うでドタバタと騒ぎが起った。

チュチュが走って逃げたらしい。チャバとじっちゃんが何か怒鳴っている。ずい分気をつけて返事したつもりだがチュチュは僕の声に仰天したらしい。

チャバが電話の向う側に出た。

「もしもし、いるかい？」

「いるいる」

「イヤイヤ、ハハハハ、一メートルもぶっとんだぞ?、ハハハハ、先生、やさしく口きかないかん?」

「やさしくしたつもりだ」

「ハイ、代ります」

又、ハアハアという息づかいが始まった。

それがしばらく荒くなり、切れる。

「モシモシ」

「――」

「モシモシ」

小さな声で囁いてみた。

「もしもし」

「――」

しばらく間があいた。

「ボク、チュチュトイウナ」

「ぼく、くらもとです」

「――」

又、間があいた。

再びハアハアという息づかいが起った。

そのおさまるのを黙って待った。

今度はハアハア云いつつしゃべり出した。

「ユミチャン。ボク、好イタナ。ハアハア」

「――」

「モウ、ウント、好イタナ。毎晩ユメ見ルナ。ハアハア」

「――」

「オナニモハボニモ云ットランケド」

突然じっちゃんの声が脇から補足した。

「オナは父親、ハボは母親っていう意味だ?」

「オナニモハボニモ云ットランケドナ、ボクユミチャントナ――ハア、ハア――ツキアイタイナ」

「――」

チュチュの息づかいが一段と荒くなった。

「ツキアッテナ――ハアハア――将来――ハアハア――ゼエゼエ――一緒ニナレレバナ」

それは無理だと心中思った。

体の大きさがそもそもちがう。

第一寿命の長さがちがう。

現在のところユミちゃん二十歳《はたち》。それに対してチュチュ八十歳。人間の二十は青春でありニングルの八十も亦青春であるという。しかし。たとえば後二十年。ユミちゃん四十歳。チュチュ百歳。人間の四十は中年であり、ニングルの百は猶《なお》青春である。

ニングルの時と人の時はちがう。

丁度森の時と人間の時が極端なひらきを持っているように。

ニングルたちは人と異なり、森の時計に合わせて生きている。

「モシモシ」

「きいています」

「シタケドボクナ、何ニモ知ランナ。人間ノ場合男ト女ガイテ、男ガ女ヲ好イタトスルナ。ソノ時相手ガコッチヲ好イトルカ、ソレガ仲々判ラン云ウナ。人間同士デモ判ラン云ウナ。結局最後マデ判ラン云ウナ。井上ノジジイハソウイウコト云ウナ。チャバハソコントコカケヒキ云ウナ。男ト女ノカケヒキダ云ウナ。デモボク知ランナ。カケヒキ知ランナ。ドウシテイイカ、泣キタクナルナ。ニングルノ場合ハソレスグ判ルナ。男ガ女好キニナッタラ、女ノ前立ット男、匂ウナ。女ソレ嗅イデ、ハハンテ思ウナ。女モソノ男好キト思エバ、ヤッパリ匂ウナ。イイ匂イ出スナ。ソレ嗅グト男、ヤッタ、ト思ウナ。ダカラ恋愛ニコトバ要ランナ。好イタカ好カンカ匂イダケデ判ルナ」

「――――」

「モシモシ」

「はい。きいてます」

「森ノ動物タイテイソウダナ。鹿モソウダシ、キツネモソウダナ。匂イデシャベルダナ。ニングルモ同ジダ。デモ人間ハ匂ワンテ本当カ?」

「本当だ」

「ユミサンモ匂ワンカ?」

「匂わんだろうな」

すると電話の向うは黙った。

「泣キタクナルナ」

チュチュがそう云った。

「人間テ不便ダナ。ボク参ッタナ」

チュチュは本当に泣きそうな声を出した。

これは大変だ、と僕も思っていた。

人の男女の恋のかけひき、あればかりは全く教授のしようがない。人は互いに相手に気を使う。きらいでもいきなりはっきり云わない。好きでもしばらく焦らしたりする。千差万別、教えようがない。たしかにその昔原始の頃には、人も恋すれば匂いを発し、たちまち相手に通じたのかもしれぬが、今はその機能を失ってしまった。人は動物からどんどん離れている。

変なことになった、と僕は思っていた。

SCENE IX

沢は突然両岸からせり出した大きな岩の間隙を落下する。落下した水は轟々と音を立て、泡立ち叩き合って下流へつっ走る。

轟（とどろき）。

トドロキという地名は川が突然急流となり大きな音をたてるからだと、いつか誰かにきいたことがある。

その急流がカーブするところに、求める流木のたまり場があった。

大小無数の流木の山が岸から崖へはね上げられている。膝のあたりまで急流につかって、目指す流木を探して歩いた。

二年程前からこれをやっている。

頭が疲れるとこの場所へ来る。

大きなものはあまり求めない。

細い流木。それも頭に描いてきた形。

二時間あまり流木を拾い、ジープに積んで家へ戻った。

見渡すかぎりの緑の畑に、スプリンクラーが水を撒いている。今年も去年に続き雨が降ろうとせず玉葱の実が大きくならないと聞いている。

地下の作業部屋に流木を放りこみ、机に向って電気をつけた。拾ってきた流木から気に入ったのを取り出す。既に帰り道考えてきた形に、曲った流木の一部を切りとる。それをナイフで丹念に削った。

ミニチュア家具を創る嬉《よろこ》びを僕に二年前教えたのはチャバである。手先の無器用さには自信を持っていてそんなもの僕に出来るわけないと最初はかなり及び腰だったのだが、五つ六つと創って行くうちに忽ち病みつきになってしまった。

椅子の直径五センチ前後。

形は一つずつ全てちがっている。

流木の形に合わせるからである。

流木が先ずある。そして椅子が出来る。だから。ミニチュア家具の制作の嬉びは、沢に入って流木を探すあの瞬間に凝縮されている。面白い形の材を見つけた時、そこから産み出す作品を想起する。その時の倖せ。恍惚の一瞬。

椅子たちは当然何の役にも立たず、作業場の棚に二十、三十、様々な形で並ぶのみなのだが、役に立たぬというその事自体が、次第に徒労という哲学的意義で僕の心を充たし始めていた。

徒労。

何という純粋にして高邁《こうまい》、己れに誇るべき行為ではあるまいか。

その純粋にひびの入ったのが、つい先月のあの事件からである。

深夜わが家にチャバの家から、チャバと井上のじっちゃんを介してニングルのチュチュが電話をかけて来た。あのショッキングにして信じられぬ出来事。

あの夜、電話を切ってから後も僕は興奮して眠ることが出来ず、深夜地下室の作業部屋に下りて鳥の啼き出すまでミニチュア家具を作った。

作りつつ突然手を止めて想った。

自分の作っている小さなこの椅子に、ニングルがチョコンと坐っている姿を。

その想像は僕を狂わせた。

そうだ、本当にそれが出来るのだ！

ニングルに、この椅子にかけてもらうこと！

以来僕の中の椅子づくりの思想は、突然不純となり現実的になった。

井上のじっちゃんが訪ねて来たのは七月初旬のある日のことである。じっちゃんはいつになく真面目な顔をしていた。

「いつぞやはどうも。いや、びっくりした」

僕が云ったがじっちゃんは黙っていた。

「あれからどうした。チュチュに逢ってるか」

するとじっちゃんは益々真面目になり、

「どうもイヤ弱った。一寸参っとる」

「何が」

「うン」

「何か、チュチュのことでか」

「チュチュのことだが――、チャバにも困っとる」

「チャバに？」

「うむ」

「どうしたッだ」

「――」

じっちゃんはダブダブのズボンのポケットから世にも汚いハンカチをとり出し、顔中しわにしてチンと洟《はな》をかんだ。

「先生はどう思う」

「何が」

「イヤ。——正直に云って先生はニングルを人と思うとるか、人以外のものと思うとるか」

「勿論はっきり人だと思ってる」

「そうか」

「だって言葉をしゃべるわけだし、第一人間の姿をしてるゝだろう?」

「そうだ」

「どうして」

「——」

「人じゃあないって誰かが云うのか」

「——」

「チャバか」

「いやあいつは人だってそう云うゝだわ」

「じゃあ人じゃないって誰が云うゝだ」

「うむ」

「——」

「このわしがだ」

「じっちゃんが?」

「うむ」

「人じゃないってじっちゃんは思うのか」

「いや形は人だ。だが種別的には人類に入れちゃあまずいと思っとる」

どこかで突然鳥がさわいだ。

「何故」

「食物連鎖って先生知っとるか」

いきなり物凄い言葉が出たので僕はあわててじっちゃんの目を見た。じっちゃんは時々こういう言葉を吐く。

「自然界の、つまり食物連鎖だろう？　ある物がある物を食って、それを又別のものが食って、それを又次の別のものが食って結局ぐるぐる廻ってるっていう」

「それだ」

「それがどうしたの」

「人類ってのはこの自然界で、食物連鎖にくりこまれてない唯一の生き物だとわし思うンだわ」

「――――」

「まァ強いて云やあ犬とか猫とか、人間が好みで飼っとる動物な、これもどうかすると外れるか知れんが」

「――――」

「ニングルはちがうンだわ。そこがちがうンだわ。奴らは森ン中の食物連鎖に一応くりこまれて生きとるンだわ」

「――――」

「バンドリを先生、この頃見んべさ」

「うむ」

「ありゃあ先生、ニングルが減ったからだ。バンドリはニングルを好物にしとったから」

「――！」

この新説は初めて聞いた。

バンドリは別名エゾモモンガという。木の洞にすみ、樹上から滑空する。

僕らが富良野に住み始めた頃、僕の住む森にもバンドリがいた。体長十二から十五センチ位、いつも二、三疋《びき》で行動していた。あれは恐らく大きさからいえばニングルと殆んど同じではあるまいか。しかし現実に最初の一年のみ。その後バンドリは消えてしまった。

「バンドリだけじゃない。フクロウも天敵だ。それにヤチネズミはニングルの子供を食う。奴らはちゃんと自然界の中の食物連鎖にくりこまれとるッだわ」

「――」

「だからな、あいつらは人間とはちがう。自然の中で厳しく生きとる。いつも天敵に気をくばりながらだ、片時も油断せず生きとらにゃならん。そこが人類とうんとちがうとこだ」

成程。と思った。

じっちゃんの顔がインテリに見えてきた。

「知らん権利って先生知っとるか」

「前に耳にした」

「奴らよく云うッだわ。知らん権利って」

「――」

「何年か前わし、あいつらにきいたもッだ。お前ら人間と同じ姿しとって、人間に劣らん頭持っとる。そんな厳しい生き方するより、里へ来て人間の知識身につけて新しいもゝどんどん取り入れて楽な暮し方したらどうだって」

「――」

「そしたら奴ら声ひそめてよ。知識はすすゝでも心はすすまんべ。心すすまゝのに知識だけすすゝだらどうしていいか判ゝなくなるべさ。わしら元々臆病に生きとるからとても恐くてそんなことようでけん。新しい知識は自分らにとって、バンドリやフクロウよりずっと恐い、と」

「――」

「そう云ったゝだわ。あるニングルが」

「――」

「だからそういう恐しいこと、知らんでいいゝだ。知りとうないゝだって」

「――」

何かが胸の中で音をたてていた。

「あいつらは人間の三倍は生きる。人間の歴史をじっと見てきとる。もしかしたら人間自身なゝぞより人間をよう見て考えとるかもしれん」

「――」

「人間は何でも知ろう知ろうとする。知識欲ちゅう人間の欲は、まァ何ちゅうか際限のないもゝだ。わしはニングルの脳みそちゅうもゝも本来は同じに出来とると思うゝだ。只あいつらのわしらとちがうのはその知識欲を忌《いま》わしいもゝとしてぴしりと封じとる、そこだと思うゝだわ」

「────」

「考えてもみなさい、色んなこと知ってさ、知った分人は倖せになっとるか？」

「────」

「倖せになることもそりゃあるだろうが、知って不幸になることも多いぞ？」

「────」

「だったら元から知らんようにして、耳ふさいで生きるのも利巧かもしれん。イヤ、それで倖せに生きとるッだったら、その方がいいようにわしも思うッだわ」

「────」

「何しろ人間の欲は無限だ。求め始めりゃキリがねえッだから」

樹々の梢を風が走った。

何か寒いものが通りすぎた気がして、僕は樹上に一瞬目をやった。

「先生、わしゃあ最近思うッだが、知らん権利ちゅう妙な言葉を奴らがしきりと使う理由は、人間を見てきた結果とちがうかな」

「────」

じっちゃんが何を話したいのか、僕はしばらく計りかねていた。

「チュチュがチャバッちに入り浸っとる」

突然じっちゃんが吐き出すように云った。

「チャバの家に？」

「そうなッだ」

「いつ頃から」

「いつかの電話の晩以来だ」

「何で」

「それが――電話に興味を覚えちまったらしい」

「――」

「毎晩ねだってはかけさせるンだそうだ」

「どこへ」

「まァたいがいはわしンとこへだ。かけたら切らん。延々と話しよる。おかげで近頃寝不足だ、わし」

電話に魅せられたチュチュを想像した。

「どう思う、先生、このことについて」

「どうって」

「ニングルがそんな、電話なンてもんに興味持っちまっていいもンなンだろうか」

「――」

「わしは何だかイヤーな気がするンだわ」

「――」

「イヤーなっちゅうか、――不吉っちゅうか」

「――」

風が再び梢を揺らした。

「そりゃあ最初に先生ンとこへ電話すればいいとすすめたのはわしだ。あいつがあんまりびくつくもンだから面白がってむりにやらせた。その責任はわし感じとる。しかしだ」

「――」

「あいつが電話に、どういうか凝っちまって、のめりこむとは夢にも思わンかった」

「――」

「これまでわしがつき合った中に、そういうニングルは一人もおらなンだ」

「――」

「それで弱っとる。どうしたもんかと」

「――」

「考えてみるとチュチュはまだガキだ。八十歳って云えば人間の齢《とし》にして十五、六だ。ちゃんと成人したニングルに比べて知識欲の強い年頃なのかもしれん。しかしだ」

「――」

「今はまだあいつの興味の対象が、電話一本に絞られとるからいい。これがこの先進んでってみろ。こんな便利なもんが他にもあるンだ。あれも知りたい、これも知りたい、そういう風に思い始めたら奴等の主張する〝知らん権利〟を自ら放棄する話になるぞ？」

「――」

「そりゃあまァわしの考えすぎかもしれんが何となくそんな風に考えちまうンだわ」

「――」

「だから今のうちにチャバによく云ってそういうことはもう止《や》めさせせんと」

「一寸待て、チャバがやらせているのか」

「知らん。したっけ、チャバンちからかけとる」

「――」

「あいつが電話を使わせなきゃいい」

「――」

「一つそういう風にあいつに云って欲しい」

「――」

胸の中で何かがドンドン鳴っていた。

心臓の鼓動に似てそうでないもの。

もっと奥底で心を叩くもの。

何か警鐘に似た断続的響き。


チャバに逢ったのはその日のうちである。

じっちゃんの話を僕が伝えると、チャバの眉間に深いしわが入った。

チャバは愛用の皮のケースからいつものブライヤアのパイプをとり出し、考えこみながら莨《たばこ》をつめた。

「じっちゃんの云う通りだ。オラも困っとる」

チャバはポツリと一言そう云った。

「電話をかけるのを止めさせられないのか」

「云ってもきかん！」

吐くようにそう云った。

「かけさせてやるまで寝かせてくれん。耳元でガアガアわめきたてて起す。家に入らんように戸締りちゃんとしてもどっから入るんだかちゃんと入っとる。始末に負えん。どうしようもない。電話なッぞ全く教えるッじゃなかった」

「――」

「電話だけならまだよかったッだ。近頃は別のものに興味持ち出した」

「別のもの？」

「テレビだ」

「テレビ？」

「そうだ。テレビだ」

チャバの目をじっと凝視していた。

井上のじっちゃんの云った一つの危惧が、たちまち大きく形をとり出した。

「テレビを見るのか」

「そういうことだ」

心の警鐘が再び鳴り出した。

「どんな番組を」

「最初はマンガだった。ヤッターマンとか、Drスランプとか、そんなもッだった。ところがある日偶然あれを見た」

「あれとは」

「ホレ、豊田商事の永野会長が殺されるのを報道したニュースだ」

思わずツバキをごくんと飲んだ。

「チュチュはどうした」

「犯人が扉をガンガンやり出したら部屋のすみまですっとんで逃げた。ガクガクガクガクガク全身で震えて。そいでオラこれはうまくないッでないか。刺戟強すぎていけないッでないか。そう思ってテレビを切ろうとしたッだわ。そしたら〝切るな!〟って泣き声で叫ぶんだ。そのくせガクガク全身で震えとる。顔はもう真蒼《まっさお》だし涙まで流しとる。どうしていいか判らんかったけどオラも見たいからそのまま放っといた」

「――――」

「ニュースが終ったら奴はとび出して、そのままその日は帰ってこんかった」

「――――」

「奴が来たのは四日程たってだ」

四日後、チュチュはやっと来たらしい。チュチュはまだかなり興奮していた。そのチュチュにチャバは感想を求めた。チュチュはしばらく黙して考え、それから少しずつしゃべり出したという。しゃべっているうちに興奮が増して来た。

チャバの伝えたチュチュの感想は、採録するとこういうことになる。

――スゴイモナ。

ショックダッタモナ。

ショックナンテモンデナイショックダッタモンナ。

アレカラ四日、ボク、ズット心臓ドキドキシテイテ、今モマダドキドキツヅイテイルモンナ。

何ガショックカ。

僕考エタナ。

ヨク判ランナ。

デモショックダナ。色ンナコトイッパイ、ミンナショックダナ。

人ガ人殺ス。

コレマズショックダナ。

ニングル絶対ニ、ニングル殺サンナ。

ニングル、バンドリトカフクロウトカネズミトカ殺シニクル敵イッパイイルケドナ、襲ワレテモ相手ヲ殺スコト考エンナ。ソンナコト恐クテ考エテモミンナ。マシテ同ジニングル同士ガ殺シ合ウナンテ夢ニモ思ワンナ。タイガイノ動物ソウデナイカナ。ダケド人間チガッタンダナ。人間アアヤッテコロシアイヤルンダナ。コレマズ第一ノショックダナ。

次ノショックハアスコニイタヒトラダナ。

ホウドウッテ云ッタカ?

アアイウ人ガタガ中ノヒト逃ガスヨリ、ホウドウスルコトヲ大事ニ思ウコトナ。

人間社会デハ人間ノイノチヨリ、ホウドウノホウガ大切ナンダモナ。

以前ボクノオナ（父親）ボクニ云ッタナ。

人間社会デハ〝知ラン権利〟デナク〝知ル権利〟チュウノガ大事ダチュウ話ナ。ドノ位大事カ初メテ判ッタナ。人ノ命ヨリ大事ナンダナ。

ブッタマゲタナコレ。

ショックダッタナ。

ショックソレダケデナクマダマダアッタナ。

ソレヲアアシテテレビデダレデモ、コドモモオンナモ見レルチュウコトナ。消サンデミンナガドンドン見ルコトナ。消スドコロカミンナガタノシムチュウコトナ。タノシムチュウカ、ミタガルチュウコトナ。ソレガ結局〝知ル権利〟ナンダナ。アンタモノリ出シテギラギラ見テタモナ。

アントキボクアンタ、恐クナッタゾ。

イツモト目ツキ変ッテタモンナ。

アントキホドボク自分ガヒトデナク、ニングルデヨカッタッテオモッタコトナイモナ。

人ハ怪物ダナ。

ヤッパリスゴイナ。

地球ヲウゴカスダケノコトアルナ。

ダケド――。

ホントノホントノボクノショックナ。

コレ、ホント云ウト、シャベリタクナイノナ。

ヤッパリ止メヨカナ。

云ワン方ガイイカナ。

デモシャベルカナ。

ドウショウカナ。

ホント云ウトナ。

一番ノショックナ。

ボクノ心ナ。

アレカラ四日間ノアイダニオコッタ、ボクノ心ノ正直ナ気持ナ。

アンナイヤナモノ偶然見チャッテ、唾ハキナガラドンドン逃ゲタノニ、――本当云ウト

——、気持ガオチツイテクルト——、イヤダイヤダッテ思イナガラモ——アノ先ドウナッタカ知リタイノナ今。

ボク——。

アノアトノコト——知リタクナッテルノナ。

ソウイウノホントニイヤダト思ウノナ。

知リタイナンテ、ホントニイヤナノナ。

デモ知リタイノナ。

モイチド見タイノナ。

ソウイウ欲望、オサエガタクアルノナ。

ソノ、アルコトガ、タマラナクイヤナノナ。

イヤッテイウヨリ——。

大ショックナノナ。


「そういう風にチュチュ云ったゝだわ」

富良野の町はずれの喫茶店の中は、晩めし時のせいか客がいなかった。

チャバはパイプを灰皿に叩いた。

喜多郎の音楽が店内に流れている。

「それで——その後はどんな具合なゝだ」

「うゝ」

「テレビ見に来るのか」

「来る。連日だ」

「連日って何時頃」

「朝から晩までだ」

「ずっとテレビで!?」

「だってテレビだ」

「だって家族は」

「車庫の上に小さな控え室があるべ。あすこに古いテレビ置いてやってる」

「そういうことをお前がやるから」

「人間の子供がどうも苦手らしい」

「チャバ」

「止めさせようと電源切ったゝだ。そしたら直すまで大騒ぎする。怒鳴っても何しても話聞こうとせん。つまみ出してやろうと一度ぶら下げたら、先生あいつすごいこと云った」

「何て」

「バラスって」

「何を」

「まァ色々と、——女房の知らんことを」

「——」

「本当に先生、オラ参っとるゝだ?」

チャバの頬が思いなしか少しコケて見えた。

「どういう番組を今は好むゝだ」

「それが先生、レポーターの出る奴だ」

「――」

「レポーターが何のかの、有名人つかまえて追い廻す奴だ」

「――」

「あれが凄いってあいつは云うッだ」

「――」

「あれが一番人間的だ。最初はいやでいやでドキドキしてたが、馴《な》れるとあんなに面白いもッはないと、こうだ」

「――」

「他人の秘密を探り出すこととか、泣き出す女の子をいじめることとか、こういうことに快感があることを生れて初めて知ったって云うッだ」

「――」

「それで毎日テレビの前に坐って、物も云わずにそういうのばっか見とる」

「――」

胸に鉛を押しこまれたような、陰鬱な気持にさせられていた。

ニングル。

昨日まで森の中に生き、人の世の様々な汚濁から離れて自然の中に棲んでいたもの。あらゆる文明、あらゆる理屈、――混沌、複雑、詭弁、欲望。文化と云われる一切のものから純粋に隔離され培養されたものが、突然はずみでこの世界を知る。

理性を確保した成人ならいい。

チュチュは八十歳。まだ子供である。

理性より感情、思考より直感。育成途上の旺盛な好奇心を人間社会に不意に向けたなら、これは危険だ。あまりにも危険だ。

丁度精神のまだ成育せぬ、幼い子供に社会の実情をありのままにどんどん見せてしまうように、いやそれ以上にニングルという、素地のないもの純粋無垢なものに極端な汚濁を次々に見せたなら、彼らの心はどう応ずるのか。如何に反応し、如何に動くのか。

「オラ今本当に責任感じとる」

チャバが呟いた一言の重みが僕の心にもずしりと響いていた。


七月二十日、空はよく晴れ、夏だというのにトンボが舞っていた。

旭川空港の駐車場のすみに、ジープを停めて飛行機を待っていた。

大雪連峰がくっきりと浮んでいる。

山麓を覆っている真夏の緑。

僕はユミちゃんの到着を待っていた。

夏休みに入ったユミちゃんが今日、富良野へ来る為に此処へ到着する。

ユミちゃんが着いたらどのように話すか、どこからどのように説明してかかるか、ユミちゃんは果して判ってくれるか、不安と期待が交錯していた。

あれから。

チャバと一晩論じた。

テレビに向ったチュチュの好奇心をどのようにテレビから離れさせるか。容易なことではチュチュの内部にいったん火のついた好奇心は消えまい。だとすれば彼の心の内部に、もっと大きなもの、関心の持てるもの、打ちこめるものの灯をともさねばならない。

それはユミちゃんだ。

そう結論した。

そもそもチュチュが電話を知ったのは、ユミちゃんへの慕情がきっかけとなっている。ユミちゃんへの意志を通じたい為に、僕に電話をかけて来たのだ。それが全ての発端だったのだ。

ユミちゃんと逢わすこと。逢わせてやること。それによってチュチュの心の中に、そもそも燃えていた恋の炎を再びガッと燃え上がらせること。そうしてそのことで忘れさせること。文明、汚濁、悪魔の誘惑、それから彼を切り離してやること。

そうすることに我々は一致し、チャバは今日井上のじっちゃんと共に、チュチュに約束をとりつけている筈である。

そうして僕はユミちゃんを説得し、約束の場所に彼女を連れて行く。

逢わせてどうなるのか。

それは知らない。

無責任だがそれは知らない。

緑の彼方に爆音が聞こえ、ジェット機がフワリと地上へ滑りこんだ。

SCENE X

その場所は全く初めての場所だった。

ジープを捨てて歩くこと四十分、最後は熊笹の群落を漕いで、およそ十分間傾斜を横切ると、突然沢音が耳を打ち出した。

熊笹が終り、沢が現われた。

「ここだ」

チャバが云いあたりを見廻した。

豊饒な流れが谷の上部から圧倒的に押し寄せている。それは岩を噛み、いくつもの小さな滝となり沢の下方へ向け轟々と流れている。

沢の両岸は鬱蒼たる森だった。

ニレ、シナ、タモ、カバ。更にその先に幾重にも重なったエゾ松の大樹が梢を伸している。中には樹齢五百年もあろうかと思われる直径ゆうに一メートルを越えるシナの巨木が何本か望めた。

ヌノッペ川の原流であろう。

洪水によって流され出た巨岩、巨大な流木がそこここに散乱する。原始のままの荒々しい場所だった。

「あすこはどうだ」

対岸の小さな河原を指さすと、チャバがうなずき、

「あすこっきゃないべな」

ヒョイヒョイと岩を飛びその場所へ移った。

川幅凡《およ》そ七メートル。そこを急流が流れている。急流の間に突出した岩は苔むし、流れ

の飛沫で滑る。ユミちゃんの手を引き辛うじて飛ばせた。

「そんじゃ夕方来る」

「ああ、待っている」

チャバが又猿のように岩から岩へ飛び、熊笹の群落の中へ消えるとあたりを急に静寂が支配した。

「それじゃ作るか」

「どうすればいいの？」

「少しそこらで休んで待ってろ」

鉈《なた》を腰に下げあたりを見廻した。

大分下流の河原の茂みに、楊《やなぎ》の若木がかたまって立っている。そこまでの間には岩が出ていない。

ズボンをまくって急流へ入った。

体の芯まで凍るような水である。それがかなりの流れの圧で僕の両足を掬《すく》おうとする。必死に抗して急流を渡った。

根本の直径十センチ程の、楊の若木を三本伐った。

――森の神様、今夜の宿の為にあなたの楊を伐らせていただきます。

木を伐る時には森の神に祈れ。

僕に教えたのは上川に住むアイヌ民族の長老である。クチャの作り方も彼に教わった。

クチャはアイヌの仮小屋である。

楊の若木を伐り、その樹皮を剝《は》ぐ。

皮を剝いだ木を背丈ほどの長さに揃えて切り二本の先端をとがらせて斜めに地中に叩きこむ。地上側にある互いの先端を交差させそこをさっき剝《む》いた楊の樹皮で縛る。即ち地上から二本の木によって三角形の二辺を作る。

二メートル程そこから離して同じようにもう一つ並行させて作る。その先端から先端へ別の一本を渡すように縛る。

最初の二本が妻《つま》部分となり、後の一本が棟木となる。つまり家屋の屋根の部分だけを地上に作ったと思ってくれれば良い。

そうして屋根に当る二面の内一面、山を背にした部分の方に楊の細木を格子状に縛りつける。

そこまでの作業に一時間程かかった。

今度は蕗《ふき》だ。

ユミちゃんと手分けして蕗の葉を集めた。

およそ五百枚、蕗の葉を集める。

その蕗の葉の茎の部分、葉の下五センチ程、そこに小刀で切れ目を入れ、折る。蕗の葉に長い茎の繊維が紐のようにだらりとぶら下がって残る。そうした蕗の葉を五枚一組、重ね合わせて繊維を束ね、クチャの骨組みの片屋根の横棒に下の方から結びつけて行く。

下の一段を蕗の葉で葺《ふ》き終るとそれに重ねて二段目を葺く。そうして片屋根と側面（妻部分）を葺き終ると、さっき切り捨てた楊の先端を蕗の葉の間に突き刺して行く。楊の先端の葉のある部分が開口部側にだらりと下がり、風雨を防ぐ庇《ひさし》の役目をする。

最後に折り捨てた蕗の茎の部分を内部に敷きつめクチャは完成した。

この野営法を愛用している。

先人たちの何という智恵！

ここには森の神様から賜った楊と蕗の一ヶ所をも捨てず、全てを見事に使いこなして仮りの宿とする完璧な技がある。

しかもそれらはわずか一本の、鉈かナイフで作り得てしまうのだ。

クチャの前部に石炉を組んだ。

倒れた白樺の小枝を集め、焚火を焚いてよもぎを投じた。よもぎは蚊いぶしの役をしてくれる。

クチャの中に坐ると蕗の香りがした。

目の前を急流が轟然と流れて行く。

「何、あれ？」

「サビタだよ」

「きれい！」

サビタの花が白く咲いている。

どう切り出そうかと考えていた。

ユミちゃんにはまだ話していなかった。

今日この沢でキャンプをすること。それしか少女には説明していない。

キャンプをするけどついてくるかと少女に聞いたら目を輝かせた。

行く！

それから少し不安な目つきになり、

「熊は来ないよね」

小さな声できいた。

来ないさ。夏の真盛りだからな。熊はまだ山奥から出て来ないよ。そうは云ったものの不安はあった。

ここらは熊のテリトリーである。

しかしまァ逢ったら——。何とかなるべえ。

「ニングルって知ってるか？」

「ニングル？」

少女は丸い目を更に丸くした。

「何それ」

「小人さ。森に住む」

「小人!?」

「そう十五センチ位のね」

「うわァ可愛い！　コロポックルみたいなもン？」

「コロポックルとは一寸ちがうんだ。コロポックルは蕗の葉の下に住むって云われてる。ニングルは木の洞《うろ》とか風穴に住むって云われてるンだ」

「へェ」

「どうだ。本当にいると思うか？」

「判らない。でもいたらいい！」

「いたら逢いたい？」

「逢いたい！」

突然カケスが樹上で啼いた。

梢を見上げたが姿は見えなかった。

「アラ！　ねぇ！　一寸見て！」

少し下流のゆるやかな流れ。その岩の上に一羽の鳥がいる。

「あの鳥今水の中から出てきた！」

「川ガラスだよ」

川ガラスは岩から水の中を見ている。

陽光が彼の羽毛を照らしている。

二秒、三秒。川ガラスは突然身を翻《ひるがえ》し、急降下するように水中に消えた。四秒、五秒、
川ガラスは現われ、再び岩へヒョイととびのる。

「凄い！」

少女はキラキラと目を輝かす。

「何とったのかな」

「――」

「魚？　それとも虫？」

「――」

陽が既に山の端に近寄っている。

恐らくもう四時を廻ったころであろうか。

チュチュはどうしているのだろうか。

流れを見ながらぼんやり考えた。

今夜月の出に逢う筈である。

場所も時刻もチュチュの指定である。

しかしいつかのことがあるから、ニングルの時間は当てにならない。今夜は徹夜を覚悟した方がいい。そう云い野営を提唱したのはチャバと井上のじっちゃんである。そこでクチャを組み、泊ることにした。それはチュチュにも伝わっている筈だ。もしかしたらチュチュは既にこの時刻、樹々の梢のどこか葉陰からそっと僕らを見ているかもしれない。

何分位ぼんやりしていたか。

突然ユミちゃんが大声をあげた。

クチャから飛び出し流れを指している。

その流れを見て僕も飛び出した。

白いものが川をどんどん流れていた。

それはサビタの花だった。

サビタの花が急流にのって、上の方からどんどん流れていた。

花たちは時にはひとかたまりとなり、次にはばらばらに、そして又少しするとドッとかたまって後から後から急流を流れた。

「きれい――！」

「――」

「でも、どうして!?」

「――」

それは異様な美しさに溢れた一種不思議な時の流れだった。

ものの三分も続いただろうか。

突然それはパタリと止絶《とだ》えた。

鳴っていた音楽が止《や》んだのに似ていた。

沢音が急に大きくなったように感じた。

陽が山に入り、急流が陰《かげ》った。

ふいにカケスがけたたましく笑った。

ドキンと上を見上げ、そのまま静止した。

沢面は既に陽の陰だったが頭上の空間は陽光の中だった。その夕暮れの陽光の中を無数の綿毛が宙に舞っていた。それは上空の気流に流され、漂うように谷を下っていた。

綿毛は夕陽で橙色《だいだい》に見えた。

ポプラの綿毛と思われた。

しかし。

明らかにそれは通常自然の綿毛の飛行とは異っていた。

信じられない量だった。

まるで全山のポプラの綿毛が何者かの意志で舞い始めたかのように谷の上空をゆるやかに流れていた。

何者かの意志。

——何者かの意志?

それは真夏の雪だった。

橙色の雪だった。

ユミちゃんが呆然と空を見上げたまま、息をのみそして口の中で叫んだ。

「スゴイ——!!」

再びカケスがかん高く笑った。

カケスの姿はどこにも見えない。

しかしその時僕ははっきり、目に見えぬカケスのひそかな充足を、葉陰でにんまりと笑ったその顔を心の中に明確に描いた。

カケスに向って僕は叫んだ。

「いいぞ！　ブラボー!!」

ユミちゃんも一緒に天へ叫んだ。

「素敵ィ——ッ!!」

そして我々は上空へ向って高く手を上げ拍手をしつづけた。拍手と叫びは谷間《たにあい》にこだまし、カケスは驚いて笑うのを止《や》めた。

カケス。

いや、明らかにカケスでないチュチュが、僕らの喝采にびっくりして声をのみ、どこか梢で息を止めたのを僕ははっきり意識していた。

チュチュ。

チュチュの仕業にちがいなかった。

チュチュが明らかに梢のどこかにいた。

サビタを、きれい！　と叫んだ少女に、懸命に尽そうと山を馳《か》け廻り、恋する若きニングルの少年はサビタを摘みまくり上流へ投げたのだ。

綿毛も彼にちがいなかった。

逢いに来てくれた愛する少女に、少年は必死にサービスしているのだ。

少年らしい幼いやり方で。

山の民らしい素朴な手段で。

上空を猶《なお》も綿毛が流れて行く。

僕は再びブラボー！ と叫んだ。

突然。ユミちゃんが悲鳴をあげた。

彼女は岩の上で手ふり足ふり珍妙に踊って暴れ廻っていた。

大きな藍色のアゲハチョウが一羽、びっくりしたように森の中へ消えた。彼女はチョウチョが恐いのである。

僕は思わず大声で笑った。

どこかでカケスが又けたたたましく笑った。


夕闇がじわじわと近づきかけていた。

クチャから凡そ百メートル下流。

倒れた白樺がそのまま葉をつけ、流れの上にかぶさり繁っている。

川を流れていた釣糸が止り、淵のあたりでククッと引き込んだ。竿を合わせると夕闇の川面に岩魚の肌が光ってはねた。

熊笹の茎を岩魚たちに通してクチャのある上流へ僕は戻った。

焚火の火がかすかに煙をあげている。

ビリーの水がグツグツ沸いていた。

ふたをずらして炉の脇へ寄せた。

「ユミちゃん？」

「――」

ユミちゃんの姿がどこにもなかった。

背を伸し上流の方へ叫んだ。

「ユミちゃん！」

「――」

「ユミちゃん!!」

闇が足元から湧き上がっている。

上流を見渡せる岩の上に立った。

「ユミちゃん!!」

沢だけが吠えている。

ユミちゃんがいなかった。

「ユミちゃん！」

「――」

沢音だけが轟々と鳴っている。

「ユミちゃん!!」

背中をゾクッと寒いものが走った。

苔ですべりながら上流へ飛んだ。

「ユミちゃん！　――ユミちゃん!!」

突然熊笹がザワザワッとゆれ、思わず僕は鉈に手をかけた。

熊笹を分けてチャバが現われた。

「どうしたの」

「いや、ユミちゃんが――」

巨大な流木をのりこえて上流へ。かまわず急流へ入って進んだ。

「先生！　あすこだ！」

チャバが叫んだ。

岩かげにユミちゃんがぶっ倒れていた。

あわててかけ寄り体をゆすった。チャバが帽子で沢の水を掬《すく》い、いきなりユミちゃんの顔にあびせた。ブルンと顔をふってユミちゃんが気づいた。

「どうしたッだ！」

ユミちゃんはキョトンとしていた。

「何か出たのか！」

記憶をさぐるようにユミちゃんはあたりを見、それから一点にゆっくり目を移した。

野菜を岩の上で刻んでいたらしい。

玉葱とキャベツが散乱していた。

その岩の脇、沢水がゆるやかにカーブした浅瀬に彼女は目を止めそのまま固定した。

彼女の瞳が大きく開かれた。一瞬息を吸い鳥のように叫んだ。

キャ――ッ!!

その浅瀬を見て僕はドキンとした。

夕闇の浅瀬が宝石のように様々な原色で彩られていた。

無数のチョウチョの死骸だった。

オレンジ、マリンブルー、グレー、紫。

山に生きている無数のチョウが、殺され浅瀬の水のたまりに、ゆらゆら揺れて発光していた。

ゾクッとする程それは生々しく、残酷で、しかも美しかった。


闇が完全に支配していた。

頭上の森の梢の間に、無数の星がまたたいていた。靄のようにかすむ天の川が見えた。

しかし月はまだ現われていなかった。

地上の闇は幾重にも重なり、どろっと部厚い粘体を流したようにあたり一切を塗りつぶしている。

クチャの前にある小さな石炉の火が、クチャの中で寝るユミちゃんの顔をかすかに白く浮き上がらせていた。

沢の音が昼より昂《たか》くなっている。

岩の上に置いたコールマンのランプが、流れとチャバの顔を浮き上がらせている。そのチャバの頬が少しやつれていた。

「まちがいない。あいつだ」

チャバがそう云った。

「サビタも、綿毛も、──それにチョウチョも」

「チョウチョは──」

ランプの灯を少し調節した。

「どういうつもりだったンだろうか」

「──」

「ユミちゃんがチョウチョを恐がるということを、多分あいつは知ったと思うンだ」

「──」

「それを知っててあれだけのチョウチョをつかまえて殺して彼女の前に流した」

「──」

「彼女が恐がるから殺したンだろうか。つまり彼女の敵をやっつけたという」

「──」

「それとも逆に彼女を脅して、びっくりするのを期待したンだろうか」

「──」

「たとえば、ほら思春期の少年たちが、自分の好きな女の子に対してわざと意地悪をしかけるみたいな」

「判らん」

チャバが吐き出すように云った。

「あいつのやることはオラもう判らん」

「──」

「手に負えん。頭がおかしくなっとる」

「――」

熊笹の茂みに何かが動いた。

二人共同時にそっちに目をやった。

真黒な小さな生き物が、対岸の茂みからこっちを見ている。その目が黄色く二つ光っている。

ランプの灯をかかげて対岸を照らした。

獣はじっとこっちを見ている。

「猫か？」

「みたいだな」

「何でこんなとこに猫がいるンだ」

小さな真黒な仔猫である。

山奥に捨てられて野生化したのか。

と。その脇にもう二つ、光る目が現われた。

仔狐である。ヤチネズミをくわえている。それが仔猫とぴったり並び、こっちの様子をじっと見ている。

「――!!」

やがて。

二疋《ひき》は連れ立って茂みに消えた。

沢音が意識に急に蘇った。

「どういうことだ！」

「――」

「猫と狐が一緒にいたぜ」

「うむ」

チャバの目が暗闇をじっと見ていた。

「きっとあれだな。捨てられた仔猫を、狐の親が育てたッだな」

「――」

「今の二疋は乳兄弟だ、恐らく」

「――うむ」

少し風が吹き闇がざわめいた。

時計をのぞいてみた。

十時二十二分。

「本当にチュチュは来るッだろうか」

チャバに訊ねた。

「判らん」

「判らん、て、だって――あいつは来るって云ったッだろう」

「云った」

「それに第一もしもさっきのが。サビタや綿毛やチョウチョのいたずらがあいつのやったことにまちがいないなら、あいつは俺たちが此処にいることを昼間からちゃんと知ってるわけだし」

「先生」

「何だ」

「これはあくまで推測だけど――もしかしたらチュチュは、少し病気だ」

「病気？」

「うん」

「だけどさっきのがチュチュだとすれば」

「いや肉体的病気じゃあない」

じっとチャバを見た。

「するとつまりあれか、――恋の病いとか」

「いや、そういうのとは――それも多少は関係あるか知れんが、――つまり、どっかがおかしくなっとる」

ランプの灯に大きな蛾が、バタバタと寄った。

「つまり、精神的病気だっていうのか」

「オラには判らんがじっちゃんはそうだと云う」

「――」

「たしかにあいつはここんとこ異常だ」

「どんな風に」

「例によって毎日テレビを見に来て、テレビを見ながらオイオイ泣き出す。かと思うと急にゲラゲラ笑い出す。なッもそんなに面白いことテレビでやっとるわけじゃないッだ。なのに何かが外れたみたいに大声でギャンギャン笑い出すッだ」

「――」

「それからふいに喰わせろと云い出す。南瓜《かぼちゃ》出したら鍋一つ平らげた。十五センチのあの体でだぞ? オラちの家族五人分のおかずを一人で全部喰っちまったッだ」

「――」

「それから今度は質問の開始だ。オラッちは電機屋だ。電機の機材がそこら中ある。電気について教えろというッだ。電気が何故つくか、どういうもッか。どうすればつくれるか。どうして、どうして。只の、普通のきき方じゃねえんだ。何ちゅうか今まで八十年眠ってた知識欲ちゅうかエネルギーちゅうかそれが一挙に吹き出したみたいに、機関銃みたいにバンバンバンバンバン、後から後から質問をぶつけるッだ。それも普通の調子でじゃない。カン高い声で息もつかずにだ。しかも何時間も連続してだ。疲れるちゅうことを忘れちまっとる。こっちがへばって寝せろって云っても云うこときかん、朝までずっとだ。じっちゃんはだからもう逃げ廻っとる。それであいつはオラばかり攻めたてる。正直この四日、殆んどオラ寝とらん」

チャバの頬がたしかにげっそりくぼんでいた。

「井上のじっちゃんはオラに云うッだ」

「――」

「ニングルっていうのは静かなもッだ。あんなうるさいニングルは初めてだ」

「――」

「いや、あいつも最初はあんなことなかった。ここ一月《ひとつき》だ。一月《ひとつき》で変った。それも極端にだ。あれは普通でない。

あれは狂っとる」

陽光の急流をキラキラ流れる無数のサビタが脳裏をかすめた。

谷の上空をフワフワ漂った圧倒的量の綿毛が蘇った。

そして。

夕暮れの浅瀬の中に異常な美しさで妖しく光っていた無数のチョウたちの原色のきらめき。

あれらが全てチュチュの仕業なら、その成し遂げたエネルギーは凄まじい。それらは既に正常を超越し、異常の次元で創造されている。

脳裏に一つの情景がかすめた。

T・A。

中学で同期だった男。

善良な秀才でいつも静かだった。静かに、片隅で微笑している、そんな長身の男だった。

大学を出て大手の会社へ。そこでもとんとんと彼は出世した。

美しい夫人と三人の子供と。家庭的にも恵まれていた。

彼が突然おかしくなったのは三十代後半のある冬である。

その頃彼のつとめる会社に大型コンピューターが導入された。コンピューターはその会社内の人間管理に威力を発揮した。彼はその部署の末端の幹部だった。

コンピューターで人間を管理する。その仕事に彼は誇りを持っていた。年賀状にもそう書いてきた。恐らく彼は充足し切っていた。

その充足にかげりの出たのはそれから一年程経ってからである。

彼は突然無口になった。

普段から無口な男だったが、正常な無口とはどこか異った。眉根に深いたてじわが入り、白髪が増えて頰がこけてきた。

彼が突然自殺したのは四十八年の大晦日である。

南こうせつとかぐや姫の歌う「神田川」のメロディが巷に流れていた。

「ついて行けない。ついて行けない。俺一人どんどん置いて行かれる」

主人はいつもそう云っていました。

十二月突然主人は変りました。

異常な程に陽気になり、活力に溢れ、しゃべり出しました。これまでとまるで別人のように、後から後からしゃべり続けました。しゃべらなければ何か書きました。夜も全く寝ず書き続けるのです。新しいアイデアが泉のように次から次へと湧くのだと云いました。寝ないと体によくないと云っても主人は決してききませんでした。

深夜焼芋屋さんが表を通ると、主人は裸足で飛び出して行きました。そして山程焼芋を買いこみ、原稿を書きつつ次々と食べるのです。食べつつ一人、突然笑いました。ある夜はふいに激しく泣きました。泣いて私にしがみつきました。しがみつき嗚咽し、そして又笑いました。ゲラゲラ笑って原稿を読みました。どうだ凄いだろう。どうだ凄いだろう。

私には何も判りませんでした。

主人が飛び下りたビルの屋上に、焼芋の皮が散乱していました」

そして夫人が最後に云った、あの一言が灼きついている。

「きっと主人は、――主人の心は、目まぐるしく進む世の中の進歩に、ついて行けないで狂ったンだと思います」

T・A。

あの日の彼の遺影の前に、一袋の焼芋が供えられていた――。


ランプの灯の中に急流が流れている。

轟音だけが闇にひびいている。

クチャをふり返ると火が消えていた。ランプの光がクチャの中に眠るユミちゃんの姿をわずかに照らしていた。

空を見上げると星がなかった。

雲が上空を覆い出したらしい。

月は果して上るのだろうか。

その時だった。

山の奥が突然ざわめくように揺れた。いや、揺れたかどうかよく判らない。只揺れたように感じただけだ。

次の瞬間その奥の方に異様な鳥たちの悲鳴が湧いた。眠りを覚まされた無数の鳥たちが闇の中で叫び羽音をたてた。それはたちまち山の斜面を、谷沿いに下方へ流れ出してきて僕らのいる位置を瞬時にして巻き込んだ。

森が吠えていた。

闇が叫んでいた。

何が起きたか判らなかった。

ユミちゃんがクチャからとび出してきた。

チャバと僕は激流の岩の上に立ち、呆然と見えない闇にすくんでいた。

森のざわめきと鳥たちの狂騒。

それは山奥から山裾へ向って、津波のように二度三度走った。

急流の轟音すらが、その音に負けていた。

二分。

三分。

どの位の時間が経過したのか。

怯えて震えているユミちゃんの体を、岩の上でしっかり腕に抱いたまま、僕は必死に恐怖に耐えていた。

すると突然静寂が戻った。

沢の轟音が再び蘇った。

ランプをかかげているチャバをチラと見た。

「一体今のは何だったたッだ」

「判らん」

チャバの声もかすかに震えを帯びていた。

かすかに遠くで声がきこえた。

「オーイ、オーイ!!」と誰かが呼んでいた。

チャバが突然大声で叫んだ。

「オーイ!! こっちだ!! 判るか!! ここにおる!!」

熊笹の彼方がごそごそざわめき出し、丸い光芒が森を照らした。誰かがこっちへ近づいてきていた。

やがて茂みが割れ懐中電灯の小さな光が茂みから僕らのいる岩の上を照らした。

「みんな、大丈夫か」

「大丈夫だ。一体何があったのさ」

「後で説明する。とにかく今はすぐ山を下りるゝだ」

井上のじっちゃんは茂みの中から僕の顔めがけて光をぶつけて来た。

「先生、大丈夫か」

「大丈夫だ」

「流れ、渡れるか」

「渡れる」

「チャバ、娘さんの手を引いてやれ。岩は濡れとる。流れゝ中に入った方がいい」

懐中電灯とランプの光で、さかまく急流の真中を渡った。

それから熊笹を十分程こいだ。

「一体何があったのさ」

じっちゃんにきいたが返事はなかった。

「もうじき雨が来る。少し急ぐべぇ」

前を行くじっちゃんのがっしりした背中がランプの光で白く浮いている。

その背中から枯草の匂いがした。

SCENE XI

電話のベルが遠くで鳴っている。

激流の音がそれでも続いていた。

流れの上を無数のサビタが次から次へと白く流れていた。それは上流の岩の間から溢れ出すように眼前に近づき、小さな滝の落差をすべって白く泡立つ渦の中に消える。そうしてやがて渦の攪拌から夫々《それぞれ》の意志で必死に浮上し下流の淀へと走りこんでゆく。

霧が湧いている。

遠い電話のベル。

フッと意識に血が通い鼓動した。

激流とサビタが視界から消え去り、天井の杉板が目の前に現われた。

電話のベルが急に近づいた。

——。

あわててはね起き電話に手を伸した。すると電話はコトリと切れた。

時計に目をやった。

午前五時半。

流れの音だけがまだつづいている。

カーテンを開けて外をのぞいた。

雨である。

窓を開けると谷底を流れる沢の音がふいに耳にとびこんだ。

普段はかすかにしか水量がない。流れの音は殆んどきこえない。それが轟々と音をたてている。

沢が数倍にふくれ上がっていた。

昨夜深夜から降り出した雨が山々の尾根から沢へ流れこみ一挙に増水させたものらしい。

居間に出て行ってコーヒーを淹《い》れた。

夜が明けかけている。

森が黒々と輪郭を浮き立たせ、その底を濁流が凄まじく馳《か》けている。

昨夜《ゆうべ》のことをぼんやり考えた。

昨夜。

井上のじっちゃんとチャバとユミちゃんと、あの山のクチャを捨てジープで帰ってきた。

ベベルイに着いた頃雨が降り出した。

一体山奥で何があったのか。

クチャのほとりで深夜に聴いた森の咆哮、あれは何だったのか。

じっちゃんにきいたが何も云わなかった。

僕らは布礼別《ふれべつ》の入口で別れ、ユミちゃんと二人、家へ帰った。

森の咆哮。

あの音だけが、僕の脳裏に強烈に残っている。

森はあの瞬間地底から揺らいだ。そんな風に僕には少なくとも思えた。それは恐らく気のせいだったのだろう。別に物理的に揺れたわけではあるまい。しかし人間の五感を超えて僕らの心を震わせた衝撃、そういうものがたしかにあったのだ。そうしてそれが恐らく森に棲む鳥たちけものたち全てに伝わった。いや、樹々たちにもそれは伝わった。だから彼らは一斉に怯え、騒ぎ、泣き叫び震撼したのだ。

山の奥から山裾へ向って瞬時に拡がったあの時の恐怖。

思い出しても体が震えた。

あの時一体何があったのか。

そうして、そうだ。チュチュはどうしたのか。僕らとあそこで逢う筈だったチュチュは。


九州を北上した巨大な台風が日本海へ抜けて進路を急に変え、北海道へ接近している。台風は海の膨大な湿気を、空腹の腹へ充分に補給し、活力に溢れて進んで来つつあった。

六時になったのでテレビをつけた。

晴れ渡った東京の青空がうつり司会者が明るく笑顔でしゃべっている。他の局を廻したが何処も同じだった。

昨日までニュースのトップになっていた台風の動きは語られていなかった。只九州に残された被害の情況だけが短く語られた。

台風が来る度にいつも味わう疎外された気持を味わっていた。

この国のテレビは東京から流れてくる。

南の大洋に台風が発生し、次第に発達して日本へ近づくのをテレビはいつも克明に伝える。しかし、いったんその台風が東京を過ぎるとニュースはぐっと減る。

台風は〝北へ、去りました〟ということ。

テレビは突然明るさを取り戻し、今度の台風はひどかった、などと云う。つまり過去である。過去形である。その台風が猶《なお》東北から北へ、無気味な静けさで近づきつつあっても東京のテレビはその恐怖を伝えない。東京までである。その先は放置する。放置せぬまでもおざなりである。どうもテレビは東京以北を同じ日本と認めていないらしい。

塾から電話がかかってきたのは八時を少し廻った頃だった。塾地を流れる山沿いの沢がどんどん水かさを増しているという。合羽を羽織ってジープでとび出した。

雨が横なぐりに叩きつけてくる。

時折それは天が裂けたように激しい勢いで車へ叩きつけ、眼前の景色を全く遮断した。

空知川が既に濁流となっていた。

八幡丘から布礼別への道が、道路の幅の一つの流れとなり、舗装してない砂利道の路肩は到るところで陥没していた。

この夏、去年に続く激しい旱魃《かんばつ》で、地べたは水を欲していた筈なのだが、余りにも急激な大量の降雨は、土たちがそれを吸い込むのを待たず地表をひたすら低地へと走っていた。

畑が叩かれ作物が倒れていた。

収穫間近のじゃが芋畑は、表面の客土が水に洗われ、根こそぎになって倒れた茎の下に無数の小さなじゃが芋が見えていた。

農道に畑の土砂が流れ出、到る所にそれらが堆積してジープは何度もスリップしすべった。

塾地に近づくと水音がきこえた。

沢が様相を一変していた。

普段は川底を薄く流れる平和でのどかな沢なのであるが今は音たてて轟々と流れていた。

それは曲線のつき当りにあたる大きなタモの木の根本にぶつかり、その根を残して岸をえぐっていた。

高さ二メートル程の橋桁の上部から、約三十センチ程すぐ下の位置まで、濁流は激しく水かさを増し、今にも橋を押し流さんばかりに地べたを揺がせてつっ走っていた。

タモが、樹々たちがビリビリ震えていた。

走ってきた塾生が奥を指し叫んだ。

「牧草地に川が流れこんでます！　向うの橋が流されました！」

篠つく雨の中を奥へと走った。

川が山裾の己れの領域から盛り上がるように塾地へ流れていた。それは作業用の小橋を流し、塾内の道をつっ走っていた。塾生たちが土るいを築き、必死で水の侵入を防いでいた。かつての水源から引いていたパイプの、太いワイヤーに流木がひっかかり、そこからも流れが塾地へ突入する。

「ワイヤー切れ！　かまわん！　切れ!!」

一人が流れに懸命に足を入れ、カッターで太いワイヤーを切ろうとする。その体を腰下まで流れる水が凄い水圧で押し流そうとする。もう一人が必死に彼を抑えていた。

轟々たる水音。

叩きつける雨。

その中で必死に闘っている若者たち。

それらの情景をぼんやりと見ていた。

これは何なのだと考えていた。

昨日まで――。

水は全くなかった。

山から流れ出すヌノッペ川の水を、近在の集落が取り合っていた。

塾生たちが働きに出ている布礼別農協の人参工場では、人参を洗う為の水が確保できず、遂に工場は閉鎖していたのだ。ヌノッペ川はその上流で、運河によってバイパスを作られ、別の集落へ水を奪われていた。布礼別は仕方なく工場を閉鎖し、麓郷の工場へ助けを求めた。一方彼らは井戸を掘り出した。その井戸は現在百二十メートル、それでも水にまだ当っていない。

水が無言の戦争を起していた。

水の不足が生死を握っていた。

都会が石油に生死を握られるように、此処では水が全てを握っていた。

水と石油と。

どっちが大事ですか。

昨日まで水は人々が目の色変え、わが物にしようと切望したものなのだ。それが。

今何百トン何千トンの水が、貯めるすべもなく地表に溢れ、畑をけずって流れ去っている。

無用に。

人々を嘲笑《あざわら》うかのように。

いや、嘲笑うという表現はおかしい。それは笑いでない、明らかに怒りである。人間社会に怒りをぶつけて圧倒的水が山から走っている。

誰かが「危い！　離れろ!!」と叫んだ。ふりむくと上流の濁流の中をはね上がりつつ突進してくる大きな白樺の倒木が見えた。

森ハダム、ダヨ、判ルカ先生。

ソレモ一ツヤ二ツ分デナイ。何十何百ノダムヲ合ワセタソノ位ノデカイ水ガメダワサ。シカモソノ水ガメハ神様ガ管理シトル。

森ハ云ウテミリャ地球ノ心臓ダ。水トイウ血ヲ溜メテ里へ流シトル。

森ガ重態ダッテ、アイツガソウ云ッタカ。

昼すぎ、漸く雨がおさまった。

沢は猶轟々と荒れ狂っていたが、それでも橋桁で水位を計ると何とか増水は峠を越えていた。

午後三時すぎ電話が入った。

仲世古のヨシオさんがいきなり云った。

「チャバを知らんですか」

「チャバ？」

「はい」

「昨夜遅くに別れたきりだけど、チャバがどうした」

「昨夜から家に帰っとらんのです。どうも山の方に入ったままらしい」

「山に⁉　いやしかし一緒に下りたぞ」

「町まで一緒でしたか」

「いや布礼別の——登山口で別れた。井上のじっちゃんと一緒だったけど」

「じっちゃんが？　チャバと？」

「じっちゃんは帰ってるか」

「すぐきいてみます」

仲世古のヨシオさんと井上のじっちゃん、それに山岳救助隊長の三善さんが一緒に塾の入口へ姿を見せたのはそれから一時間もたっていなかった。

三人共少し顔色が変っていた。

「いないのか」

「おらん」

「昨夜あれから一緒じゃなかったのか」

「いや一寸話して、あすこで別れた。あいつあれから一人で山へ入ったらしい。原始ヶ原の入口のゲートにあいつの車が置いてあったそうだ」

心臓がドンドンと音たてて鳴り出した。


ベベルイの道は沢になっていた。

道は幾筋もの流れで抉《えぐ》られ、そこへ上から流れてきた石が、遠慮会釈なくごろごろ撒かれている。大きな石は岩に近かった。

ジープのギアを何度も切り換え、四輪のハイから四輪のローへ、はね上がり乗り越え必死に走った。

時刻は四時半をもう廻っていた。

山の斜面を雲が千切れて飛び、時折雲間から台風一過の強烈な夕陽が道を照らした。

井上のじっちゃんは前を睨んでいた。

じっちゃんは珍しくギュッと口を閉じ、深刻な顔で前方を見ていた。

「どうしてチャバは山へ戻ったㇲだ」

訊ねたがじっちゃんは黙ったままだった。

「昨夜《ゆうべ》、一体何があったㇲだ」


熊笹を分けて昨日の道を行くと地響きのような異様な音がきこえた。

何かが遠くでゴロゴロと鳴っていた。

何の音なのか判らなかった。

しかし、あたりを震わすような、地の底から響くようなその物音は進むにつれて大きくなっていた。やがて、その音の更に底から轟然たる激流の咆哮が加わり、それらが沢から発していることを示した。

熊笹が割れて沢が現われた。

僕らはその場に思わず立ちすくんだ。

昨日クチャを張ったあの同じ場所が、一夜にして全く姿を変えていた。

クチャは勿論跡かたもなく、クチャのあった河原は消滅していた。消滅というより流れの底だった。谷が怒濤に埋っていた。

上流から流れ出た巨大な岩石が、激流のあちこちに突出して坐り、それは流れに猶も押されて時々音たてて下流へころがった。根こそぎえぐられて流されてきたらしい、葉をつけたままの巨大な立木が、沢のふちにひっかかりブルブル震えていた。それらのある物は岩にひっかかり凄まじい瀬を作って泡を立て死んでいた。

そうだ、岩も樹も、全てが死者であり、その中で水だけが傲然と生きていた。

僕は初めてゴロゴロという地響きが、何による音なのかをはっきり理解した。

石だった。石と、岩だった。

川底を濁流にまかれて流れる無数の石たちのたてる音だった。ひと抱えもある石たちの群れが、互いの体をごろごろぶつけ合い、こすり合い叩き合い砕き合いひしめき合って、下流へ、人の棲む低地へ向って轟々濁々と突進していた。

それはこの世の光景ではなかった。

自然の中の無機なるものの、いわば死者たちの狂宴に思えた。

息が苦しかった。

恐怖を超えていた。

しかしその恐怖に懸命に耐えて、僕はその地獄を凝視しつづけた。

突然わけもない怒りと哀しみが僕の心に鋭く突き上げた。それが何なのか僕には判らない。しかし何故なのか僕はその時一つの絢爛たる情景を想起しわけもない哀しみに潰されていたのだ。

東京。都会。クリスタルなビル群。

台風一過の夏の高気圧でキラキラ光る無数の窓ガラス。

澄んだムード曲。程良い冷房。

蛇口から出る水。トイレに流れる水。車を洗う水、噴水の水。温水、熱湯、コーヒー、おしぼり。皿を洗う水、シャワーから出る水。それらに囲まれ、それらを享受し、何の疑いもなく倖せを夢見、出世を意図し、上昇を願い、愛を喜び、別れを悲しみ、即ち自らが自然の一部である動物の中の一種族なることを忘れてしまった哀しい人々。

水が、森たちが、この北の涯ての、山の奥深くで懸命にあげている空しい警告、怒りの声など、夢にも気づかない淋しい人々。

水たちの怒り。

森の沈黙。

そうしてかすかなるニングルの唄声。

ソノナワワッカ

ベデナイジャ

シシキシヨタラ

ブタレルゾ

熊笹を分けて登山路へ戻った。

登山路も一つの流れになっていたが、沢伝いの道は進みようがなかった。

僕らは半分水につかりながら七滝への道を黙々と歩いた。

道は到る所寸断されていた。

あたりに夕闇が忍び寄っていた。

「チャバは本当にこの道を行ったッだろうか」

ヨシオさんが聞いたが誰も答えなかった。

「じっちゃん、なッか当てがあるッか」

「――」

「もう日が暮れるぞ。危ないッでないか」

「――」

突然先頭を行く三善さんが足を止めた。

夕闇の迫る道の彼方から一つの物影がこっちへ向ってくる。

僕らは目をこらした。

しっかり全身を雨仕度でかためた一人の男が山を下りてくる。

「チャバか？」

「――ちがうな」

男は音もなく近づいてくる。

井上のじっちゃんが急に前に出た。

「山おじ――。チャバが――」

「チャバなら無事だ。心配いらん」

山おじがいつもの低い声で云った。

「大分疲れとる。今休ましとる」

「――」

じっちゃんが山おじに顔を近づけた。

何か訊ねたが声が小さくてきこえなかった。只、チュチュという囁きだけが辛うじて僕の耳にとどいた。

山おじが無言で首を横にふった。

みんなと別れて家に帰ったのはもう十時をはるかに廻ってしまっていた。

コーヒーを淹れて部屋に入った。

沢の音が大分低くなっている。

全身がぐったりと疲労していた。疲労していたが頭だけ冴えていた。

チャバはもう家で眠りこんだろうか。

「あいつ、責任をとろうとしたのさ」

井上のじっちゃんがボソリと云ったさっきの言葉が灼きついていた。

「わしがあいつにきつく云ったから」

「――――」

「なッも。あいつの責任とも云えんのだわ」

じっちゃんもぐったり疲れ果てていた。

そのじっちゃんの話してくれたことを、僕は今書こうと筆をとっている。

昨夜の事件。森でおこったこと。

じっちゃんはしゃべるのが苦しそうだった。僕も聞きながら苦しくなった。

じっちゃんは何度も声をつまらせた。

何度も鼻水を拳で拭った。

じっちゃんの目からは涙が溢れ、しわを伝って頬へと流れた。

じっちゃんは何を想っていたのか。

以下はじっちゃんの語ったことの、いわば骨子だけの要約である。

チュチュは狂っていた。

初めて体験した電話という利器。

姿も見えぬのに遠くのものと直接しゃべるというその初体験は、最初チュチュには衝撃を超えていた。

いないのに、しゃべる！

それはチュチュには魔術に思えた。チャバたちがどんなに説明しても、皮膚感覚として理解を超えていた。しかし、慣れた時、チュチュは興奮した。いない人間としゃべれたというその便利さに興奮したのではない。そういうことが出来るということ、己れにも出来たというその能力に、チュチュはすっかり興奮してしまった。

人間を初めて凄いと思った。

そうして次にチュチュはテレビを知る。

テレビを知ってその中に登場する人間社会の文明を知る。文明と、それをあやつる人間の、異常な自信を、冷静さを、その狂気を知る。チュチュはもう連日声の出ぬ位激しい衝撃と興奮の中にいる。

八十年間のチュチュの人生で、ニングルの掟として教えられてきたもの、そして恐らく彼らの中にも、潜在的に備わっていたもの、——好奇心。物を知りたいという欲望。チュチュの中にそれが急激に萌芽する。「知らん権利」を種族の思想とし、それが種族を不幸から守るのだと固く信じてきたニングルの生き方。しかしまだ若いチュチュの心に突然灯された知りたい欲望は、津波のようにチュチュを巻きこんだ。チュチュはその欲望のとりことなった。

誰がこのチュチュを責められるだろうか。

子供らが様々な情報を与えられ、訳も判らず溺れて行くようにチュチュはたちまちのめり込んで行った。

チュチュの溺れたのは文明だけではなかった。文明にどっぷりひたることの中で次第に蝕まれおかしくなっている人間の社会、人々の生き方。その中にチュチュは巻き込まれていったのだ。

考えてもみるがいい。

これまでそれらと無縁であったもの。凡《およ》そそれらと対極にあったもの。それがいきなり数百年に及ぶ進行、改変、狂奔の中に突如投げ入れられ攪拌された時、彼らの中に何が起るかを。

チュチュの好奇心はぐんぐんふくれた。

あらゆることを吸収しようとした。

しかし心がついて行かなかった。

心と頭の体内でのバランスが、チュチュの中でたちまち均衡を失った。

チュチュは一種の躁状態になった。

これは、それからかなり経ってからチャバの口から聞いた話である。

あの日。

ユミちゃんと逢えると知った日、チュチュの高揚は最高潮に達した。

ユミちゃんが喜ぶと思われるところの、あらゆる条件、準備を考えた。そうしてその時チュチュの高揚した舞い狂った頭が想起したのは彼がある時チャバのテレビで見た人気タレントの結婚式だった。

会場を飾ったイルミネーション。

照明に浮き上がったビルの入口。

一斉に舞い上がった無数の鳩の群れ。

あの華やかさ、絢爛さ、豪華さ、それに感激し涙したタレント。それらを想った時チュチュは興奮し、血が上り、叫び、殆ど常軌を逸脱した意志でチャバにつきまとい要求したのだ。

アレヲヤリタイ!!

アレヲヤッテクレ!!

森ノボクノウチヲアンナ風ニシテクレ!

チャバは困惑したためらったらしい。

ためらい何度も断ったらしい。

しかし躁なるもの、その情熱がいったんこうと思い込んだものを冷却させることは至難の業である。

日夜にわたるチュチュの攻撃。

夜も寝かさない執拗な要求。

チャバはとうとう負けてしまった。

あの時チャバは僕らを沢に置き、僕らがクチャを作っている間にチュチュに先導され山へ上ったらしい。チャバは一ヶの小型発電機と、クリスマスツリーに使う豆電球のイルミネーション、それに工事用のスポットをいくつか、リュックの中へつめこんでいた。

チャバはそれらを、チュチュに云われるまま、七滝の奥のある場所にセットした。それはチュチュの棲むシナの古木と、その幹に開けられた洞への入口を、夜けんらんと浮き上がらす筈だった。

セットが終り、スイッチ一つで全てが発光するその段取りを、チャバが細かく説明し終ると、チュチュはしばらく荒い息をはき、目を血走らせて沈黙していたが、ふいにオイオイ泣き出したという。

チャバはびっくりしてチュチュを見ていた。

チュチュは泣きつつチャバの両手をとり、アリガト、アリガトと何度も云ったと云う。

アリガト。アリガト。ボク、チャバ好キダナ。

ダケド、ユミチャンモット好キダナ。

ユミチャン、アトデ、月ノ出ノ時刻ニ、クチャノトコロヘボクムカイニデルナ。ソウシテココヘ案内シテクルナ。月ガアレバココマデユミチャンコレルナ。沢ノミチキット月デ明ルイナ。

ソレカラ森ヘ入ル。

森ノ中クライナ。

チャバユミチャンヲツマズカセンヨウニナ、シッカリ手ヲトッテ歩イテホシイナ。

森ノナカ、クライナ。
デモソノ森ノナカズット歩クト、急ニ向ウニ明ルイモノ見エルナ。
ココラガ。
コノシナノ木が、ボクンチノ入口ガ、イルミネーションデ浮キ上ガッテイルナ。
コレ、演出ナ。
スゴイ演出ナ。
アノタレントノ結婚式ヨリモット派手ダナ。森ノオクダモナ。
カンゲキスルナ。
ユミチャン泣クナ。カンゲキシテ泣クナ。
泣クト思ワンカ？
泣カンカ？
泣クヨナ。
チャバドウ思ウ。
キット泣クヨナ。
泣カンカナ。
モシ泣カンカッタラ、ドウスリャイインダ。
ソン時ャボク泣クゾ。悲シクッテ泣クゾ。
チャバはそうしてその場を離れ、僕らの待っているクチャの所へ来た。
その後のことはチュチュだけしか知らない。
様子を見に来た井上のじっちゃんが、七滝の入口へ到達した時、沢のほとりで僕らがきいたあの凄まじい物音が起った。

惨劇はその時始まっていたのだ。

チュチュの企画したその夜の演出。

チュチュの家族がそれに怯えた。

家族はチュチュを止めようとしたらしい。

しかし半分狂気の中のチュチュは、家族の説得などきこうとしなかった。家族の一人がニングルの長《オサ》に、そのことを急報して止めてもらおうとした。長《オサ》は不在だった。長《オサ》の家族が代りにかけつけた。

チュチュは興奮した。

興奮し逆上した。

長《オサ》の妻たちの懸命の説得に、狂気のチュチュは泣いてわめいた。泣いてわめき又突然哄笑した。

ボクノ恋、邪魔スルナ！

ボクノ恋、邪魔スルナ！

そしてスイッチをいきなり入れた。

深夜の森に突然灯がついた。

その情景は想像して余りある。

太古の森の神聖なる闇を、突如スポットとイルミネーションが一瞬燃え上がらせ浮き立たせた情景。

ニングルたちは物も云えず、只息をのみ立ちつくしたにちがいない。

そしてチュチュは激しく泣き笑った。

祭りの幕が切って落とされた。

そうだ。まさしくそれは祭りだった。

但し、チュチュだけの祭りではなかった。

今まで眠っていた森の虫たち。無数の蛾たちがふいに目をさまし、森をざわめかして光に殺到した。彼らも祭りに加わろうとしたのだ。蛾たちは強烈なライトの中で、異常に興奮し舞い狂い踊った。

ニングルたちは呆然と見ていた。

彼らもまさしく光の中にあった。

深夜の森でしてはならぬこと。己れの存在を天敵にさらすこと。

その時いきなり数羽のバンドリ（エゾモモンガ）がニングルたちへ襲いかかった。

長《オサ》の妻がいきなりかじられて倒れた。

チュチュの家族が頭上から襲われた。

ニングルたちはその時初めて、本来の生の術、身を守る仕方を本能的にとり戻そうとし、闇へ、無窮の闇の中へ懸命に逃れて溶けこもうとした。だがその頭上へ今度は闇から巨大な一羽のシマフクロウが襲った。

異様な衝撃波が森を流れた。

巨大な森林の一点に生じた一つの異常が森中に伝播し、あらゆる獣たち鳥たち虫たちを訳もない恐怖に巻きこんでいた。

ニングルたちは次々に喰われた。

彼らは喰われる時悲鳴をあげなかった。
喰われることも彼らの中で、一つの日常とされていたからだ。

LAST SCENE

十月七日。雪虫を見た。

今年初めての雪虫である。

雪虫は流れてきた雪花《ゆきはな》のように、木々の紅葉をバックに舞った。

雪虫は不思議な虫である。

手にとると白い粉を残してすぐに息絶えるあえない命だが、確実に雪の到来を告げる。

雪虫が舞うと何日か経って、必ず、まちがいなく雪が訪れる。

芦別のヨコさんが訪ねて来たのは、その雪虫を見た翌日のことだった。

「先生。どうだこれ」

ヨコさんはいつもの童顔をほころばせ、車のトランクから巨大なダンボールの箱をとり出した。

マイタケだった。

直径凡《およ》そ五十センチもあろうか。見事な野生のマイタケの株がダンボールの中でプルプル震えていた。

マイタケは幻のキノコと云われる。

素人ではとても発見できない。

この道に精通した山の玄人が、何年もかかって山をさまよい、運良ければそれに当ることが出来る。それも、よっぽど運が良ければだ。

マイタケに出逢うと発見者はしばし、我を忘れて立ちすくむという。その美しさ、巨大さに感動し、物も云えずに呆然と自失し、それから漸く狂喜が訪れる。狂喜が訪れて一人舞い出す。マイ（舞い）タケという名がそこから来ているという説も信じられている。

だからマイタケを目指す者たちは殆んど多数では山へ入らない。

大体一人である。多くて二人。

ヨコさんは毎年マイタケを採ってくる。

マイタケを肴に一杯やり出した。


「先生、実は妙な話がある」

ヨコさんがフッと口にしたのは、酒が彼の頬を染め出してからである。

「妙な話って？」

豊饒な味覚を口へ運びつつ僕は何気なくヨコさんの顔を見た。

「わたしの芦別のマイタケ仲間から、一寸変てこな話をきいたンです」

「どういう」

「そいつがニングルに逢ったって云うンです」

箸を持つ手が固定していた。

「ニングルって先生、――知ってますか？」

「――知ってる」

「山の小人」

「ああ。それが？」

「今時そんな馬鹿な話がって笑われそうだからってそいつ云うンだけど」

「どういう人？」

「そいつ？」

「ああ」

「学校の先生です」

「学校の？」

「ええ。中学の、体育の先生」

「――どこで見たって？　そのニングルを」

「そりゃあ云いません」

「どうして」

「先生、わたしらマイタケ採りは入る山を絶対仲間に教えんです。教えたら来年そいつが先に行く。どんな親しくてもこれは裏切ります。私でも裏切ります。裏切ってたとえ絶交されてもマイタケの魅力にこれは勝てッです。そういうことがお互いいやだから教えぬ、聞かぬ。それが我々の仁義です。マイタケってのはそういうもッです」

しばし呆然とヨコさんを見ていた。

「判った」

「――」

「それで？　どういうニングルだったの」

「ええ、いや話はそこッとこなッです」

「――」

「先生のことをきいたっていうッです」

「俺のことを⁉」

箸から思わずマイタケを落した。

「そうなンです。そいつが。そのニングルが」

「――」

「何だか以前から先生のことを、知ってるような口ぶりだったって」

「――!!」


仮にその男をF氏と呼んでおこう。

それが彼との約束だからだ。

自分の名前を出さぬこと。詳しい地名も絶対出さぬこと。

マイタケ採りとして地名を伏せるのはヨコさんからきいて理解できたが、自分の名前を絶対出さないで欲しいというF氏の主張も相当のものだった。

かつて彼のいた中学の同僚で、ある晩UFOを偶然目撃し、それを生徒に語ったところ地元の新聞に大々的に載り、それが教師として軽率な行為だと仲間たちから吊し上げられ遂に去って行ったものがいたと云う。

身の丈十五センチ、ニングルなどという、いわば伝説の生き物と逢ったのを、F氏は教師として伏せたいらしかった。

F氏と二人きりで逢うことになったのは、芦別と富良野の中間に位置する野花南《のかなん》の小さなドライブインだった。

取材の条件を再確認し合って僕は愈々《いよいよ》話をきき始めた。

「逢ったのはいつです」

「十月一日です。その日運動会の代休で、学校が休みになっていたンで、一人で山へ入っていたンです」

「場所は？」

「幾寅から入った××のあたりです」

「逢った情況をきかせてもらえますか」

「ハイ、そこは自分のマイタケ採りの場所で、去年も一昨年も採ってましたから今年も絶対自信がありました。案の定少し小《こ》ぶりでしたが三キロばかりのが出来ていまして、自分はカメラを出し記念写真をとって、それからそのあたりの倒木に坐ってしばらくマイタケに見惚れていたわけです。丁度その時です。フッと気づくとマイタケの下から一人の小人がトロンと僕を見上げてるンです」

「――――」

「思わず腰を浮かしました。だってそういう奇妙な生物が、いるということ自体ショックでしたから。夢見てるような気持でした。ものの一分《ぶん》も中腰のままその小人をじっと見ていたでしょうか。そのうちその小人のトロンとした目が、更にトロンと重くなってきて――。何ちゅうか、丁度、自分らが眠くてたまらんときに瞼が下がってくるみたいな感じで――」

「――――」

「それをみてたら恐怖が消えて――。ああ、ニングルだ。これが噂にきくニングルだきっと。そう思ったンでゆっくり腰を下ろし、おどかさんように小っちゃな声でそいつに向って聞いてみたンです。〝あんた、ニングルか？〟って」

「――――」

「そいつコクンとうなずきました。うなずきながら完全に瞼が重なってクラッと前によろけかけました。それでびっくりして又目を開けて、もう一度トロンと自分を見るわけです」

「――」

「俄に好奇心が湧いてきまして、〝何してるのさ〟って聞いてみました」

「そしたら」

「じいっと僕を見ました。じいっと、と云うか――むしろトローンと、です。それで又瞼が重なってくるンです」

「――」

「〝寝てたのか?〟ってきいてみましたが、瞼が益々重なってきて、そのままもういちど完全に瞼が合わさって、ガクンと膝が曲ってあわてて目を開けて、――それから急に口をきいたンです」

「――」

「きくって云ってもどういうかモゴモゴと、――舌がもつれているような感じで、何を云ったのかききとれなくって、それで又瞼がトローンとしてくる。そこで自分は目をさまさせようと、パチンと両手を叩いてみたンです。そいつびっくりして目を開けました。でも又すぐにトロンとして来ます。それでも何か云いたいらしくて又モゴモゴと口を動かすンで、自分、思い切って耳を近づけて〝はっきり云え。何だ〟って云ってみたンです。そしたらそいつがモゴって云いました。

クラモトセンセ、元気カナ、って」

「――」

「自分、あわててきき返しました。クラモト先生って云ったのかって」

「それで」

「そしたらコクンてうなずいたンです。

自分、ヨコさんから先生のことは何度も話をきいていました。で、クラモト先生って云われた時に、一瞬まさかって思ったンですが、他にクラモトって先生は知らないし、万一って思ってきいてみたンです。クラモトってフラノのクラモト先生かって。そしたら又コクンてうなずいて、何だか変にもつれる声で先生ニ云ッテクレって云うンですね」

「何て」

「そこンとこが何ともききとりにくくて、はっきり意味が判ンなかったンですが――富良野が森になるからって――何かそういう風な様なことを」

「富良野が森になる？」

「ええ」

「どういう意味です」

「ですから何だかよく判ンないンです。何しろそいつの声どうも変てこで。何ていうか、丁度ラリッてるみたいな。何かこの、――麻薬の中毒患者って云うか。――睡眠薬でも飲んでるっちゅうか」

心臓がドクドク音をたてていた。

僕を知っているとニングルが云った。

僕を知っている――。

知っているニングル！

チャバと逢うのは二ヶ月ぶりだった。

あの夏の夜の森の時以来、僕はチャバたちと逢っていなかった。

あれ以来僕は雑用に追われ、ついでにそのままテレビのロケで一月《ひとつき》近くカナダに行っていて九月は殆んど富良野にいなかった。

チャバは心なしか少し老けて見えた。

「元気か」と云ったら、フフッと笑い、

「おかげさんで。ポチポチ」

しかしどことなく力がなかった。

僕らはしばらく酒を注ぎ合い、当り障りのない話をいくつかした。

観光シーズンを終えた富良野の町には、静けさと侘しさが蘇っており、それはこの「炉ばた」の店の中まで薄い霧のように侵入していた。

中島みゆきの唄が流れていた。

今夜はママも珍しく無口だった。

「あれから井上のじっちゃんに逢ってるか」

「いや」

「何かきいてるか」

「――――」

「ニングルについて」

「――――」

チャバは無言で魚をつついている。

「山おじから何かきいていないか」

「先生」

魚をつつきつつチャバが低く云った。

「ニングルのことは、オラもう忘れたです」

「――――」

「そのことはもうオラ、触れんことにしたです」

「――――」

「そのことについては、きかんで下さい」

「――――」

中島みゆきの唄が流れている。

あの夏の夜を想い出していた。

狂気のチュチュがひき起してしまったあの八月の惨劇の夜。心ならずもその惨劇に手を貸してしまったチャバの胸中。

あのとき何人のニングルたちが生を絶ったのかその数は知らない。しかし少なくともそこにいた何人か。チュチュ、長《オサ》の妻、チュチュの家族たち、彼らが犠牲になったのはたしかだ。井上のじっちゃんもそう云っていた。その事実がチャバの心に与えた深い傷痕は察するに余りある。

あの夜、森の奥に電飾をつけたこと。

心ならずもそうしてしまったこと。

いや、更に前、チュチュとの時間。

チュチュの執拗な懇願に負けて様々な文明を見せてしまったこと。文明を拒否してきた筈のニングルに、切望されて文明を与えたこと。そうしてそれがチュチュの内部に、極端な精神の動揺を促し、一足とびに狂気へ向って走り出させる結果になったこと。それらを仕方なくやってしまったこと。

阻止することができなかったこと。

そしてその帰結としてあの夜の惨劇が突然音たてて訪れたとするなら、チャバのショックは想像に余りある。

しかし。

死んだと信じられている彼らの一人がもしも死なずに生きていたとするなら——。

「チャバ」

鉄のふたを強引に押し上げるように、チャバの沈黙を無視して聞いた。

「チュチュはあの晩、本当に死んだのか」

「——」

「もしかしてあいつは生きてるッじゃないか?」

「——」

「逢った奴がいるッだ。チュチュらしいニングルに」

「——」

魚をつつくチャバの手が止っていた。

雪が来た。

今年は遅いとされていた雪だが、その雪は十二月のその季節としては珍しく厳しい厳冬期のものだった。

雪は夕方から風を伴い、八時すぎには猛吹雪になった。

塾を出たのが夜十時過ぎ。

小橋を過ぎて林を抜けると地吹雪は拓《ひら》かれた農道のあちこちに早くも激しい吹きだまりを作っておりジープは何度かハンドルをとられた。

視界はそれでも十メートルはあったか。

引返して塾に泊ろうかと思ったが小学校の所まで出れば後は舗装されたアスファルトの道である。そこまで出たら遠廻りだが麓郷を廻って町へ向えばいい。

そう思って強引にジープをすすめた。

塾のある布礼別《ふれべつ》から富良野の町まで二十キロ程の行程である。自宅はその町を更につっきり反対側の山裾の斜面にある。

町へ出るには道が二筋。

八幡丘の丘陵を抜けて行く方が距離的時間的にはるかに近いのだが、そっちの道は吹きっさらしである。今夜のように風の強い晩は吹きだまりが多くて極めて危険である。それでもう一つの逆方向の道、麓郷の市街地を抜ける道を選んだ。

夜の吹雪の山村の走行を想像されたことがおありだろうか。

山村と云っても過疎の村である。

人家はたまにしか現われて来ない。

現われても吹雪で灯さえ見えない。

ヘッドライトにとびこんでくる雪は、まるで花火がとび散るように無数の小さな光の線となり次から次へ際限なく目を射る。

体に叩きこまれている地形を、右へカーブし、左へ廻り、時速、殆んど三十キロも出せずにのろのろのろのろ必死に運転した。

このスピードのいつにない減速が、僕の感覚を狂わせたらしい。

ここらはいつも飛ばすところである。

要する時間と地形の変化が一体となって体に入っている。

それが突然視界を阻まれ、しかも極端な減速によって時間の感覚を狂わされたとき、僕の知覚もおかしくなったらしい。

いつまでたっても現われる筈の麓郷の市街地が現われてこなかった。

麓郷市街地。

市街地といっても小さなものである。

百メートル程ですぐ抜けてしまう。

その中央に四つ角があり、右へ曲って富良野へ向う麓郷街道がスタートしている。街灯は勿論きちんとついている。道幅の広い開拓地の集落。

その集落が仲々現われない。

間断なく目を射る吹雪の花火と時々盛り上る地上の吹きだまりに必死に神経を集中してはいるが、それでも集落の街灯の灯ぐらい、ぼうっとでも確認できると思われた。ところがそれが全く現われない。

時計を見ると十一時半近い。
一時間以上もう走っている。
初めて冷汗が背筋を流れた。
普段なら数分で来る距離である。それが一時間以上も走っている。
正しい道を走っているなら麓郷はとっくに過ぎた筈である。
過ぎた——!?
麓郷を見落したのだろうか。
一瞬吹雪がスッとゆるまり、ヘッドライトが道を照らした。
ゾッとした。
森の中を走っている。
右も左も森の道である。
森の中?
するとやっぱり麓郷を見落し、老節布《ろうせっぷ》へ向って走っているのだろうか。
しかし。
と思った。
老節布へ向う森の道なら既に坂道になっていねばおかしい。
とするとどこを走っているのか。
ジープを止めて懐中電灯を出した。
車を下りて森を照らした。
懐中電灯の光芒の中を無数の雪片が渦まいて舞った。

光の先端が樹の幹を照らし、辛うじて下枝の枝先を照らす。

葉は落ちている。闊葉樹《かつようじゅ》である。

別の樹を照らした。これも闊葉樹。

原生林である。人工林ではない。

とすると東大演習林であろうか。演習林の中に迷いこんだのであろうか。ならばこの道は山に続いている。涯てしなく山の深奥へとつづく演習林の林道である。

ともかくここから引返そうと思った。

ジープのギアを四輪のローに入れ、何度も切り返して辛うじて向きを変えた。

吹雪は再び激しくなっていた。

又も始まった花火の狂宴。

その光の矢へのろのろと進んだ。

つい今通った筈である道が、再び新雪の吹きだまりとなっていた。

どの位一体走っていたのか。

道がわずかに上り坂になっている。

？　と思った。

さっき通った時下りはなかった。

してみるとさっきのと又ちがった道へいつのまにか迷いこんでしまったのだろうか。くもの巣のような林道のどこかへ。

車輪が横へズズッとすべり、そのままエンジンが停止してしまった。

あわててエンジンをかけ直す。

しかしジープは吹きだまりに阻まれ何としても前へ進もうとしなかった。後ろへ出ようとした。後ろは全く見えなかった。それでも何とか吹きだまりからは脱した。けれどそれ以上動きようがなかった。雪がどんどんジープを埋めた。懐中電灯の光で照らすと、あたりはいつか鬱蒼たる森だった。

腕時計を見た。

十二時四十分――!

夢を見ていた。

朦朧たる夢をだ。

どこかで子供たちがかん高く歌う、呼びかけるような合唱がきこえていた。

ヒーターをつけたジープの中に排気ガスのたまるのを警戒していたから窓を細めに少しずつ開けていた。だからそこから激しい寒気が雪片と共に流れこんでおり、ヒーターの暖気は殆んど死んでいた。寒気の中で睡魔だけが生きていた。

眠るな眠るなと何かが叫んでいる。

子供の声に似た何かが呼んでいた。

意識がフッと断続的に途切れる。すると体は異次元へ走った。

全ての音が遠去かって行き、ツンと鼻をつく植物の匂いがした。

鳥が啼いている。

花が咲いていた。

花は一つでなく無数に咲いていた。

その花畑に僕は寝ていた。

霧がまいている。

いや吹雪かもしれない。

吹雪であるわけはないと思った。

一人の老人が花畑に立っていた。

ひどく小さな老人に思われた。

意識の片隅が勝手に認識した。

ああ、ニングルだ。ニングルの長《オサ》だ。

「御老人、チュチュは生きてるッですか」

声にならぬ声で僕はたずねていた。

「チュチュはあの時死なかったッでしょ。生きてるッでしょう？　森のどこかで」

すると老人はゆっくり僕を見、低く透る声で僕に云ったのだ。

あなたは恐竜を知っていますか？

「恐竜？」

僕は思わずきき返した。

そうだ。恐竜です。前世紀の恐竜です。

老人は静かにゆったりとつぶやく。

どうして恐竜が亡びたか知ってますか。

「――――」

彼は大きくなりすぎたからですよ。

「——」

大きくなることは危険なことです。大きくなることは滅亡につながる。

「チュチュはどこです！　教えて下さい！」

あんた方人間はどんどん大きくなる。大きく、偉大に、滅亡へと走っている。

「御老人！」

それはかまいません。あなた方の勝手だ。しかしわしらは巻き添えはごめんだ。わしらも、そして森も同じだ。

「御老人、チュチュは」

自分は老人です。三百二十年もう生きている。

自分の一生には色んな時期があった。

若くて活力に富んでいた頃。恋をした頃、悩んだ頃、焦った頃。それから何もがうまく行かなかった頃。

何もがうまく行った頃より、何もがうまく行かなかった時期が、自分にはずっと長かったのだけれど、それでもよかった頃、倖せだった頃、全てが輝いてみえたこともあった。

クラモト先生。

森も同じだ。

森も同じように生きてきたッだ。

彼らも今の森になるまでに、様々な生涯を歩いて来たッだ。

誕生。死亡。別れ。追悼。出逢い。感動。愛と裏切り。怒り。悲しみ。興奮。怯え。絶望。希望。傷心。喪失。

樹たちはそれらを二百年三百年、静かに受けとめ黙々と生き、そうして現在の森を創った。

しかし人間は発達した機械で、わずか十分で一本の樹を倒す。

三百年の生を十分で奪う。

先生はこのことをどうお考えか。

感情は人間の固有の持ち物で、樹々にはないと考えておられるか。

だとしたら、それはまちがいというものです。

樹々にも感情は明らかにあります。

彼らは無口です。無口で口下手だ。

しかし――。

先生。

人間が社会を作るとき、権利と義務という言葉を口にする。

あれはそもそも人間の言葉でない。

あれはそもそも神様のお言葉だ。

神様が自然をお創りになったとき、自然が永続して行く為に、権利と義務というお言葉を作られた。

あらゆる動物、あらゆる植物が、自然の中で生きて行く為に、それぞれの権利と義務を持たされた。

今猶《なお》みんなそれを守っています。

守っていないのは人間だけだ。

人間だけが権利のみ主張し、自らの負うべき義務を果たさない。

これは大変まずいことです。


意識の底で何かが呼んでいる。

起きろ起きろと何かが唄っている。

周囲に淡い排気ガスの匂いがある。それを寒気が凝固させている。

手足の先が動こうとしない。


チュチュのことなら心配はいりません。

あの子は生きている。ちゃんと生きている。

心の平衡を失ってしまって、可哀想にあの子は事故を起した。事故の重みで又錯乱した。

あの子はしかし大丈夫生きてます。

今薬草を毎日飲んでるから、うつらうつらと半分眠っています。しかしそのうち元に戻るでしょう。二十年先か、三十年先には。その時あの子に記憶はないでしょう。今味わっている一切の記憶は。

先生、チュチュのことは忘れて下さい。

あの子は大丈夫だ。わたしらが守っている——。

凍りつくような冷気の中で、突然ゾクッと意識を回復した。

森がうっすらと白み始めている。

吹雪がいつか完全に止《や》んでいた。

動かそうとした首から頭へ、重いハンマーで殴られたような暗い痛みがズシンと走った。

懸命にドアを開け外へころげ出た。

必死の思いで深呼吸した、何度も。

体が何も感じていなかった。

冷たさすらあまり気にならなかった。

そのことにあわてて僕は足ぶみし、懸命に体内に火を呼ぼうとした。だがその意志は円滑に伝わらず、足はもつれて雪の中に倒れた。自分が今どういう状態にいるのか、冷静に考えて立とうと努めた。

朝だ。そこまで朝が来てるのだ。

森が、樹たちが僕を見つめている。

しいんと無言で僕を見つめている。

それが彼らの敵意であるのか、それとも深い友情であるのか。立とうと努めつつどこかで推《はか》っていた。


暖炉の薪がパチパチとはぜている。

ラジオが静かなクリスマスキャロルを、この森の家に低く流していた。

クリスマスが間近い。

さっきまでチャバとヨシオさんが来ていた。

毎年クリスマスのこの季節になると、サンタクロースの相談をする。

イブの夜僕らはサンタクロースになり、子供たちの家を廻ることになっている。サンタクロースを信じている幼い子。信じてはいないが待っている子供。彼らは夫々《それぞれ》の玄関の軒先に手作りの靴下を鋲《びょう》でぶら下げ、サンタクロースの来訪を待ち受ける。中には室内のあかりを全て消し、カーテンのすき間からそっとのぞいてサンタクロースを待つ者もいる。だから僕らは油断できない。

金星ストアから借り出した衣裳に、つけひげ、つけまゆ毛完ぺきに変装し、雪のイブの夜を廻らねばならない。

そうだもう七年、全て雪だった。

その相談にチャバたちが来ていた。

彼らが去ったのは五分程前である。その帰りしなチャバが突然小さな声で僕に囁いた。

「先生ッとこに連絡なかったかい？」

「連絡？」

「――――」

「何の」

「いや、別に。なんにもなかったらいいッだ」

「？」

それきりチャバは何も云わず去った。

チャバは一体何を云おうとしたのか。

一つのことを想い出していた。

昨日フラリと家を訪ねてきた井上のじっちゃんの、やはりさり気なくたずねた一言。

「誰か来たかい？」

その時はあまり気にとめなかった。

「誰かって誰がさ」

「いや、まァ——誰かだ」

じっちゃんは例によってズボンをずり上げ、しわだらけの顔でクシャンとくしゃみをして別の話に紛らしてしまった。

「吹雪で林道に迷いこんだって？」

「——ああ」

「そういうこともある」

それで終った。

だからそれきり忘れてしまっていた。

それよりその時僕はあの夜の、夢に似た、そして夢とも少しちがうような、不思議な体験を想起したからだ。

あの夜の、深夜の森の中の体験。

あれは単なる幻覚であったのか。

小さな老人と交した会話。あれは己れの潜在意識が不安と疲労の錯乱の中で自ら創造した幻だったのか。

それにしては記憶が鮮明にすぎた。

記憶には匂いがありはっきりした言葉の抑揚まであった。

小さな老人が静かに呟いた抗議にしては淡すぎる語調。

そうだ。

語調は淡々としていた。

しかし内容は限りなく重かった。

重さは今もずっしりと残っている。

老人の語った人間への抗議。絶望。それに——。

チュチュのこと。

チュチュが生きている。そう語ったこと。

突然。何かがコトリと音たてた。

電話のベルがリーンと鳴った。

受話器をとると耳に当てる前に、かん高い笑いが僕の耳を射た。

そうだ。それは射たとしか云い方のない程かん高く異常な笑い声だった。

そういう笑いを聞いたことがなかった。

聞いたことはないが僕はその時、その声その笑いに明らかに記憶があり、電話の向うに誰がいるかを一瞬のうちに理解していた。

「先生、ボク今種マイテルナ」

チュチュは異様な息づかいでそう云った。

紛れもなくチュチュが電話の向うにいた。

異様な息づかい、異様な興奮。そうして異様な明るさの中で。

「ボク人ノコトテレビデイッパイ知ッタゾ。人ノ偉大サナ、人ノカシコサナ、人ガ発明シタ色ンナコトイッパイナ。

オサ、ボクニ云ウタナ。

ボク、マチガッテル。オキテ破ッタ。知ラン権利忘レテイッパイ知ロウトシタ。ソレデオナ（父）、ハボ（母）ミンナ喰ワレタ。

ポポ（兄）モ喰ワレタナ。カカポ（姉）モ喰ワレタナ。バンドリトフクロウニミナ喰ワレタナ。ソレボク悪イナ。ボクノセキニンナ。チャバ関係ナイ、ボクノセキニンナ。ソレニ、オサノマチ（夫人）ヤハリ喰ワレタナ。アノ場ニイタモノミナ喰ワレタナ。

ダケド、オサアレナ。マチノコトナンニモ云ワナカッタナ。自分ノマチノコト一言モ云ワンナ。マチ、結婚シテ二百五十四ネン、オサトズウーットイッショニイタノナ。オサ、マチノコト大事ニシテタナ。トッテモトッテモ大事ニシテタナ。オサキット悲シイナ。悲シクテ泣イテルナ。泣イテルト思ウナ。泣イテル筈ダナ。ダノニオサソノコト一言モ云ワンノナ。自分ノマチノコト一言モ云ワンノナ。怒ランノナオサ、ソノコトデボクヲ」

突然電話のチュチュの声が湿った。

泣いてるような、笑っているような、奇妙な唸りをチュチュは発した。

「先生、モウ逢エンナ。

ボク明日発ツナ。

ボクモウ二度ト人里へ下リンナ。コレカラ行クトコ、遠イ遠イトコダモナ」

チュチュはぜえぜえと荒い息をついた。

チュチュの声は紛れもなくチュチュの声だったが、以前とちがって少しもつれていた。もつれて、そして——狂気を帯びていた。

「オサ云ウナ。

人間、イズレ滅ビル。

義務忘レタカライズレ滅ビル。

地球ノ季節、ズタズタニナルナ。

デモボク助ケルナ。

助ケテ遠ク行ク。

先生——。

ボク今ドコニイルカ判ルカ？

町ニ来テルナ。

フラノノ町ニナ。

コレガサイゴノ、フラノノ町ダナ。

僕今タネモッテフラノニイルノナ。

僕町中ニ木ノ種マイタノナ。

ソコラ中イッパイナ。先生ノ森ニモナ。

オナモハボモ死ンデ、オサボクノコト、ヤマノオクノオク明日ツレテクナ。モウ町来テハイケナイ云ッテルナ。

ボク、ニングルノ掟破ッタモナ。

知ロウトシタナ。

色ンナコトイッパイ。

ソレデ結局、不幸ニナッタノナ。

ボク、前、シアワセニクラシテタノナ。デモ色ンナコト知ッテシマッタラ、モットシアワセニナリタクナッタノナ。ソレデ結局、不幸呼ンダノナ」

チュチュのしゃべりは活力に充ちていた。

いや、単に通常の活力とはちがう。

異常な活力、異常な興奮がチュチュの内部からとめどなく噴き出しそれが次々に言葉をかりて電話の向うから氾濫していた。

意志が言葉を明らかに超えていた。

だから言葉はしばしばもつれた。

意志は言葉をもどかしがり焦った。

「ボク考エタナ。ドウスレバ、アレ、ホレ、人間助ケルコトデキルカニツイテナ。

オナ昔云ッタナ。

人ノマチガイ、森伐ッタコトナ。伐リスギタコトナ。ソレ、人間ノ義務忘レテナ、シテハイカンノニシテシマッタノナ。

デモソレ止《ト》メラレナイ。

モウ今止《ト》メラレナイ。

オナソウ云ッタノナ、昔云ッタノナ。

ソレデボク――。ソレデボク――。今種モッテフラフラノニイルノナ。ソコラ中タネマイテ、森ツクルノナ。フラノノ町モイチド森ニスルノナ。フラノ好キダシナ。フラノノ人好キダシナ。井上ノジジイ、ナカセコノヨシオサン、先生、ソレニチャバ。ミンナ好キダシナ。

チャバニハウント恩ニナッタシナ。何デ恩ニナッタカト云ウト――。

ソレハナゼナラ――。

ナゼカト云ウト――。

――。

忘レタノナ。

先生、ボクソレホント云ウトオボエテナイノナ。

オサ、トリカブトノ根ッコノクスリ、ボクニ毎日飲メ飲メ云ウノナ。ソレノンデルノナ。ウント苦クテボク好カンノナ。デモ飲ンデルノナ。ソレデボクドンドン物忘レルノナ。ドンドンドンドン――。

忘レテイクノナ」

突然、チュチュの声が嗚咽に変った。

「オボエトキタイコトモアッタノナ。

デモソレドウシテモ思イ出センノナ。

オボエテオキタイコトカラ先ニ、ズンズンズンズンズン忘レテクンダモナ。

ボク悲シイナ。

何ダッタノカナ。

オボエテオキタカッタキレイナコトナ。

トッテモキレイデ、ホンワリシテイテ、ココロ――ウレシクテ悲シカッタノナ。

アレ何ダッタカ。

先生、知ランカ」

少女の名前を、ユミちゃんのことを、一瞬告げようかと僕は迷った。しかし辛うじてそれを抑えた。

「先生、オトトイボク行ッタノナ。

オナノ樹、ハボノ樹、植《ウワ》ッテルトコロナ。

オナノハトドマツナ。

ハボノハエゾマツナ。

三百年以上二本トモタッテルナ。

ニングル、生レタトキ樹ヲ植エルノナ。夫々自分ノ樹。ソノ樹トイッショニユックリ育ツノナ。

ダカラ三百年モウ超エテルノナ。

ソコヘ行ッタノナ。

行ッテミタノナ。

ソシタラ——。

先生。

二本トモ死ンドッタ。

去年マデ勢イ良カッタノニナ。

二本トモ枯レテ——。

モウダメナノナ。

ボク、ポポノ樹ノトコロヘ行ッタナ。

ポポノ樹モ枯レテタナ。

カカポノ樹モ枯レテタナ。

僕、涙出タ。

オイオイ泣イタ。
ソレデ——。
新シク種マコウ思ッタ。
枯ラシタノ僕ナ。
殺シタノ僕ナ。
ダカラ種マクナ。イッパイ種マクナ。フラノ——。
モイチド——。
森ニカエシテ——」
突然電話がカチャンと切れた。
ツーという機械の無機質な音が電話の中から流れ始めた。
僕はコトリと受話器を置いた。
静寂があたりを支配していた。
窓の外の闇に雪片が舞っていた。
家をとりまく森の沈黙が、急にひたひたと僕に寄せてきた。

それがチュチュとの最後の会話だ。
ニングルの噂はそれ以来きかない。
いや。
一度だけきいたことがある。但しそれは一月に入ってからの話だ。
クリスマスの頃大雪山系トムラウシの奥にビバークしていた旭川の小さな山岳会のメン

バーが、早朝新雪のテントのそばに、無数の小さな足跡の列を目撃したという一つの噂である。それは動物のものとはちがい、小さな靴の足跡だったという。

無数の――というところにショックを受けていた。

無数の。

それはこの界隈に棲む全てのニングルのという意味ではあるまいか。

ニングルたちは全て里を去り、山奥深くへ消えたのではないか。

ヒトとの関わりを一切断つ為に。

もうニングルは見れないのではないか。

雪が音もなく降りつづいている。

厳冬期に入って富良野の森は死に絶えたように音を発しない。

暖炉にあたりながら本をめくっていた。

昭和十一年に上梓された磯部精一氏著のアイヌ語辞典である。

パラパラとめくりながらふと手が止った。

チュチュ（CHUCHU）という言葉が目に入ったからだ。

　チュチュ（CHUCHU）＝芽

そう書かれていた。

『ニングル』あとがき

遂に始まった。と、今考えている。

マウイの大火、カナダ、ヨーロッパ、各地での山火事。ハリケーン、豪雨、洪水、水涸れ。永久凍土の溶解を持ち出すまでもなく、人類というものの乱暴かつ破壊的発展が、地球を破滅へと追いこんでいる。そのシナリオがとうとう開幕した。

ニングルの警告どころの話ではない。事態はもっと切迫して動いている。

人間の欲望が、許されざる一線を遂に超え、してはならぬこと、踏みこんではならない限界線をアッという間に踏み超えてしまって、神の怒りを爆発させてしまった。地球は恐らく遠からぬ時期に、酸素を失い、水を失い、46億年前の混沌たる星に戻ってしまうにちがいない。生命は恐らくその痕跡すらとどめず、マグマオーシャンの荒れ狂う地表で、シアノバクテリアすら死に絶えてしまっていつか宇宙のゴミとなるだろう。

そうしてしまったのは一体誰なのか。

僕自身を含めた、人類という愚かな生命体である。

一刻《とき》の繁栄、一瞬の快楽を求めたのも人類なら、破滅へ導いたのも人類である。人類はその図抜けた愚かさを、宇宙史の中に永遠に刻むだろう。

他人事のようにこんなことを言えるのも、今この地球がまだあるからである。酸素を吸い水を飲み愛を味わうことがまだ出来るからである。それを失ったとき、それを失うとき僕らは何を考えるのだろう。遂にその時が来た、と思うのか。思う暇もなく凍結するのか。

それともじりじりと焼かれて行くのか。何分《ぷん》苦しむのか、何時間悶えるのか。そんなことばかり考えている。

どう考えても〝終わり〟が始まってしまった。

バックトゥパースト。過去へ戻るしか生きる術はあるまいと、僕は何年も叫びつづけて来たつもりだったが、その声は世間に届かなかったようだ。世間は、人類はこの期に及んでも猶能天気に繁栄を望み、更なる栄華と発展を夢見ている。CO_2に溺沈《できちん》しながらCO_2を猛然と吐きつづける。負の連鎖という瀬戸際に立ちながら連鎖の帯を深めようとしている。これは起るべき狂気の終焉である。

今更慌ててももう遅い気がする。

今更懸命に水をかけても、もはやこの山火事は消せない気がする。

今更気圧を抑えようとしても、こじれ切った気象は元へ戻るまい。

ここまで事態を悪化させたのは、〝少しぐらい〟という我々の甘さとそれを容認して来た怠慢さである。

馬鹿と云われようと、狂人と笑われようと今出来る努力を試みてみよう。我々が自然の一部であることを愚直に思い出し、自然の摂理にもう一度戻ろう。もう一度戻って慎ましく生きよう。

もしかしたら奇蹟が起こってくれるかもしれない。

令和5年秋

倉本聰

倉本聰著『ニングル』に寄せて

阿川佐和子

ニングルは実在する。

と書いてみたものの、私はニングルと一度も会ったことがない。電話でその声を聴いたことも、ニングルに会ったという人の話を聞いたこともない。ニングルの写真や足跡や、書き残した文字や服を見たことすらない。

だから、私が言っていることは、「宇宙人に会った」とか「火星人と話した」とか「UFOを見た」というたぐいの話とさほど変わりがないかもしれない。私にとってニングルは、今のところ空想の存在だ。幼い頃に読んだ『白雪姫と七人のこびと』や『ガリバー旅行記』や『床下の小人たち』などの物語の影響も大きい。小さい頃から背が低い私は、小さな存在にシンパシーを抱く傾向がある。ミニどら焼き、ミニ丼、ミニクーパー、芽キャベツ、プチトマト。小さい存在を見つけるとつい声をかけたくなる。

「小さいけれど、私たちってなんとか頑張ってますよねえ」

だからか。小人にはどことなく親近感が湧く。そして倉本聰氏が記した本書『ニングル』を読み、私の心の中に、「ニングルは生きていてほしい」という願いにも似た気持が強くなった。

――「全く伐るなと云ってはおらん。しかし。昔アイヌは狩りをするのに必要な量しか獲物をとらなかった。森の木だって同じではないか」（本書77ページより）。

かつて私は北海道でアイヌの人から似た話を聞いた。いわく、たとえば川で鮭を四匹見つけたとする。でもアイヌの人間は、四匹のうちの一匹を神様のもの、一匹は川のもの、一匹はクマのものとして見逃し、一匹だけを自分の家族のために持ち帰る。独り占めしようという考えはさらさらない。

ずいぶん昔のことだ。だから正確な言葉ではないかもしれない。でもそのアイヌの教えが私の心に染み込んで、いまだに忘れることができない。その後、いろいろなものが枯渇したり絶滅しかけたり、あれほどたくさんあったものがなくなったというニュースを耳にするたび、この話を思い出す。

人はなぜ、一つ手に入れると、もっと欲しくなってしまうのか。

「三つの庫ができてから、人間は堕落した」

そう言ったのはアイヌの人ではない。京都のタクシーの運転手さんである。

「金庫ができてお金を保管するようになり、冷蔵庫ができて食料品を長く保存できるようになり、倉庫ができて大量にモノを溜め込むことができるようになった。そして人は分を忘れたんですわ」

本書を読んでいると、いろいろなことを思い出す。嘆息まじりに呟いた人の言葉が蘇る。まったくその通りだ。人間は思い上がっている。改めなければいずれ滅びるぞ。貴重な言葉に出合うと心から反省し、悔い改めようと誓う。でもしばらくすると、忘れる。心の片隅に後ろめたさを抱えつつ、文明の魅力にどっぷり浸かってしまう。

本書の著者である倉本聰氏は、父、阿川弘之の大切な友達だった。歳は父より十五もお若いが、倉本さんは父の前で遠慮したり緊張なさったりする様子はなく（おそらく）、いつも自由にもの申していらした印象がある。そこが父には心地よかったらしい。そして私には羨ましく見えた。なにしろ父は家庭では徹底的な暴君であり男尊女卑の権化。「親に養われているうちは子供に人権はない」が父の信条で、親の言うことが聞けないなら出て行け、のたれ死のうが女郎屋に行こうが俺の知ったことかと何度怒鳴られ、泣かされ、仲裁に入った母もとばっちりを受けて一家離散寸前の騒動になったことか。そんな癇癪持ちの父を倉本さんはいとも軽々と笑わせ楽しませ、ときにチクリと父の弱点を突いてこられる。突かれた父がこれまた喜んでいるのだから、娘としては羨ましいと思うほかない。

父が倉本さんとどこで知り合ったかは知らないが、私が中学生の頃には、すでに頻繁に電話でやりとりをし、ちょくちょくウチに遊びにいらしていたのを覚えている。父の原作を何度かテレビドラマ化してくださり、仕事上のつき合いもあった。あるときは父の本とはまるで無関係ながら、サスペンスドラマを脚色することになった倉本さんが、「お宅をロケ現場に使わせてもらえませんか」と依頼してこられた。二階建ての我が家を提供し、長時間にわたってドラマ撮影をするとなれば、家族はその間、どう対処することになるのだろう。本来そんな面倒くさそうなことを嫌うはずの父が、倉本さんの申し出には快く応じたのに私は驚いた記憶がある。

そのサスペンスドラマ撮影のために岸田今日子さんが我が家にいらした。

「よーい、スタート！」

演出家の合図で撮影が始まる。場は見事に静まり返り、岸田さん一人の芝居が始まる。

私はその様子を部屋の片隅にうずくまって凝視した。私の隣に倉本さんがいらした。岸田さんが長椅子の背もたれに両手を当てて、ゆっくり横歩きをなさる。台詞はない。ただ横歩きをするだけだ。カメラはその後ろ姿を捉えていた。そのとき倉本さんが小声でおっしゃった。

「ほら、見てごらん、サワコちゃん。岸田今日子は背中だけで演技をしてる。見事だろう？」

名優の背中の演技を間近で目撃して驚愕し、それをさりげなく私に教えてくださる脚本家の目に私は感動した。

たしかに倉本さんの大きな目はいつもギョロリと光っていて、その目で見つけたものをいつも鋭く的確に言葉になさった。父は倉本さんのその目と観察力と、その末に生まれるユーモアのセンスに魅了されていたような気がする。倉本さんと一緒にいると父はまるで子供時代に返ったかのようにはしゃぎ、いたずら心を刺激され、機嫌がよくなった。

ある夏、我が家族が軽井沢にいたときのこと。夕方になり雷が轟き出した。まもなく大粒の雨も降り出した。頻繁に稲光がして、天地を割るかと思うほどのバリバリという大音響が鳴り響いた。たちまち父は思いついたらしい。

「よし、倉本に電話しよう！」

ちょうど倉本さんも軽井沢に滞在していらっしゃると聞いていたからだ。

「もしもし」

父が受話器に向かい、わざとらしい低い声を出した。

「はい、倉本ですが、どなたでしょう」

先方の声が電話口から漏れてくる。父はここぞとばかりにおどろおどろしい声を発した。

「雷ですが……」

たちまち、

「やめてください。やめてくださいよ。僕、雷、嫌いなんですから！」

父は倉本さんが雷嫌いだということを知っていた。だからこそ、いじめてやろうと謀ったのだ。私は横で聞いていて笑いこけた。大人のくせに、なにをやってるんだと呆れた。

その後まもなく、倉本さんは富良野に居を移した。少しだけ疎遠になった。電話のやりとりは続いていたが、我が家においでになる回数は格段に減った。

そして私は人よりはるかに遅れて仕事をするようになった。テレビ番組のアシスタントを務め、エッセイを書き、雑誌のインタビュー連載を始めた。

私が仕事をするようになると倉本さんは思っていなかったらしい。後日、倉本さんが我が家について書いてくださった文章に、私がテレビに出始めた頃は、「腰を抜かさんばかりにおどろいた」とある。

――これまで猫をかぶっていたお化けが、突然外衣をかなぐり捨てその正体を見せたと思った（文春文庫『強父論』あとがきより）。

猫をかぶっていたつもりはない。ただ、父の圧政の元では比較的大人しく装っていたかもしれない。その一文の中に、倉本さんはさらに私について記しておられる。実はその言葉は父が他界してしばらくのち、倉本さんから直々に電話で伝えられた内容なのだが、いわく、

「あんた、お父さんが亡くなったら、まるで圧力鍋の蓋がぶっ飛んだみたいにのびのびし

てるねえ」

　私は爆笑した。そうかもしれない。親元を離れ、経済的に独立してなお、父が亡くなるまではいつも父の視線を気にしていたきらいがある。テレビで生意気な発言をしたあと、「父が見ていたら叱られるかも」と思ったり、文章を書いているときも、「また父に駄目出しされるかも」と怖れたりすることが多々あった。実際、たまに父に会ったときなど、「お前、報道番組なんかに出て多少知識をつけたつもりになっているだろうけど、いい気になるなよ」と憎々しい顔でよく釘を刺されたものだ。そのときは、別にいい気になんかなってませんよと心の中で苦々しく思ったが、もはや父以外にそんな憎まれ口を叩いてくれる人はいなくなった。いい気になりたい放題だ。

　そんな私の心境を倉本さんは笑いに包んで見事に指摘してくださったのだと思った。図に乗るなよ。

　倉本さんの声のうしろに父の姿が浮かんだ。そして今、私は倉本さんのうしろにいるニングルたちに、いや、父よりずっと、たぶん、可愛らしくて優しくて純粋で意地悪でないと想像しつつも、その役割を求めたくなる。

　人は必ず調子に乗る。だからこそ、どれほど高齢になったとしても、どれほど実りを豊かにしたとしても、心の奥に向かって「図に乗るなよ」と囁いてくれる存在が必要なのである。たとえその存在が生きていようがいまいが、それは関係ない。大事なことは、その存在を自分が信じていることである。

　新型感染症の地球規模の拡散、海水温の上昇、自然破壊、豪雨被害、温暖化、環境汚染、上げれば切りのない恐怖に囲まれて、どうすればいいかわからなくなった私たちに、きっとニングルが悲しい目で伝えてくれるだろう。

「ダカラ　言ッタコッチャナイノナ。人間、カッテホウダイ、ヤリスギタナ。ナンデモ、欲シガッテ、ナンデモ、知リタガッタ。イイ加減ニシテクレ。イツモハ無口ナ自然タチ、怒ッテ、ハンラン、起コシタナ」

　どうすれば怒りを収められますか？　ニングルの声が聞きたい。

　チュチュは、どうしているだろう……。

初出＝「諸君！」（文藝春秋）一九八五年一月号〜一九八五年十二月号

倉本 聰（くらもと・そう）

1935年、東京都出身。脚本家。東京大学文学部美学科卒業後、1959年ニッポン放送入社。1963年に退社後、脚本家として独立。1977年、富良野に移住。1984年、役者やシナリオライターを養成する私塾・富良野塾を設立（2010年閉塾）。現在は富良野塾卒業生を中心に創作集団・富良野GROUPを立ち上げる。2006年よりNPO法人富良野自然塾を主宰。代表作は『北の国から』『前略おふくろ様』『うちのホンカン』『昨日、悲別で』『優しい時間』『風のガーデン』『やすらぎの郷』（以上TVドラマ）『明日、悲別で』『マロース』『ニングル』『歸國』『ノクターン―夜想曲』（以上舞台）『駅STATION』『冬の華』『海の沈黙』（以上劇映画）他多数。

ニングル 新装版

著者 倉本聰
発行者 鈴木博喜
発行所 株式会社理論社
〒101-0062 東京都千代田区神田駿河台2-5
電話 営業03-6264-8890 編集03-6264-8891
URL https://www.rironsha.com

1985年12月初版
2023年10月新装版初版
2023年10月新装版第1刷発行

印刷・製本 中央精版印刷株式会社
組版 アジュール
編集 小宮山民人

ISBN978-4-652-20585-3 NDC913 四六判 19cm 287p